KB154727

곡계굴의 전설

곡계굴의 전설

초판 1쇄 2020년 6월 25일

글쓴이 | 김정희
펴낸이 | 조영진
펴낸곳 | 고래가숨쉬는도서관
출판등록 | 제406-2012-000082호
주소 | 경기도 파주시 회동길 329 (서패동) 2층
전화 | 031-955-9680~9681 팩스 | 031-955-9682
홈페이지 | www. goraebook. com
이메일 | goraebook@naver. com

디자인 | 김용희
편집 | 이규수
마케팅 | 이예지

ISBN 979-11-88239-18-3 43810
이 도서의 국립중앙도서관 출판시도서목록(CIP)은 e-CIP홈페이지(http://www.
nl. go. kr/ecip)와 국가자료공동목록시스템(http://www. nl. go. kr/kolisnet)에서
이용하실 수 있습니다. (CIP제어번호: CIP2020016465)

 품명 도서 | 전화번호 031-955-9680 | 제조년월 2020년 6월
제조국명 대한민국 | 제조자명 고래가숨쉬는도서관
주소 경기도 파주시 회동길 329 2층 | 사용 연령 12세 이상

* KC마크는 이 제품이 공통안전기준에 적합하였음을 의미합니다.

김정희 청소년 소설

곡계굴의
전설

· 차례 ·

들어가며

꽤 오래전에 느티마을을 찾았습니다.

한국전쟁 때 일어난 학살 사건을 공부하면서 현장을 다녔습니다. 그중 하나가 곡계굴이었는데 꼭 한번 찾아가 보고 싶었습니다. 한국전쟁 때 아군이었던 미군이 우리나라 국민들을 향해 학살을 일삼았던 사실을 알고 큰 충격을 받았습니다.

때마침 청년들이 모여서 한국 역사를 공부하면서 현장을 찾아다니는 단체가 있었습니다. 그 단체에서 곡계굴에 역사 기행을 간다는 걸 인터넷으로 찾아보고 연락을 해서 동참할 수 있었습니다.

곡계굴을 찾아가서 마을 어른들로부터 한국전쟁 중에 일어난 학살 사건을 생생하게 들을 수 있었습니다. 만남을 가졌던 어른들은 한국전쟁 때 어린아이였거나 청소년이었습니다.

전쟁 중에 일어난 여러 가지 학살 사건을 처음 듣는 건 아니지만, 그런 역사의 아픔을 들을 때마다 가슴이 아프고 결코 숨겨져서는 안 되며 널리 알려야 한다는 생각을 갖게 되었습니다. 전쟁은 많은 사람들의 생명을 빼앗아 갈 뿐만 아니라, 그 자체로 광기를 일으켜 사람을 광인으로 변하게 합니다.

1월 한겨울, 흰 눈으로 뒤덮인 곡계굴에서 일어난 미군들의 소이탄 폭탄 투하는 300여 명의 사람을 한꺼번에 몰살시켰습니다. 이 일은 휴전이 되고 나서도 미군들이 이 땅에 주둔하면서 국군 통치권을 가지고 있어 드러나지 않았습니다.

　이 일이 밖으로 드러날 수 있었던 것은 한국 사회가 그만큼 성숙해졌기 때문입니다. 민주주의 사회를 지향하는 개개인의 의지가 역사의 아픔과 비극을 말할 수 있게 된 겁니다.

　다시는 이런 일을 겪지 않으려면 분단을 극복하고 온전한 하나의 한반도가 되었을 때, 이 땅에도 비로소 평화가 찾아올 것입니다.

　그래도 청년들이 모여서 역사 공부를 하고 현장을 열심히 찾아다니면서 역사의 아픔과 비극을 밝히고 평화운동을 하는 노력에 희망을 보았습니다.

　역사는 늘 되풀이되는 속성을 가졌습니다.

　역사는 과거의 이야기가 아니라 언제든지 우리 현실에 다가올 수 있습니다. 과거의 잘못을 바로잡고 과거를 돌아보는 것은 그래서 더 필요합니다.

　비극이 닥쳐도 절망하지 않고 극복하기 위해서 노력을 하면 희망이 기다리고 있습니다. 그건 노력하는 사람들의 몫입니다.

1. 상처 입은 영혼들

상처 입은 늑대 한 마리가 깜깜한 산속을 헤매고 있다.

서리가 자욱하게 쏟아지는 태화산의 겨울밤, 늑대는 뼛속까지 시린 추위를 온몸으로 적시며 걷고 또 걸었다. 어디로 가야 하는가? 무엇을 향해 걸어야 하는가? 영혼은 공포로 갈가리 찢어지고, 그저 생명의 본능으로 걷고 있을 뿐이다. 앙상한 뼈대로 뻗어 있는 거친 나뭇가지 사이를 헤집고 다니느라 바짝 여윈 몸뚱이는 긁히고 찢겼다. 아픔을 느낄 겨를도 없이 서릿발 위를 한 발짝씩 내디딜 때마다 쓰러질 듯 휘청거렸다. 무리와 어울려 살던 산속 토굴은 전투기 공습에 부서져버리고, 홀로 살아남은 슬픔의 고통을 힘겹게 등에 지고 걸었다.

늑대는 산등성이 바위 꼭대기로 올라갔다. 하늘은 별빛 한 점 없이 캄캄하고, 멀리서 간간이 들려오는 포탄 터지는 소리에 저절로 심장이 움찔거렸다. 깊은 어둠 속에서 정체를 알 수 없는 불온한 기운이 가시넝쿨처럼 온몸을 휘감았다.

늑대는 불온한 기운을 떨치려고 구도자 같은 진지한 눈빛으로 어두운 하늘을 응시했다. 한동안 어두운 하늘을 응시하던 늑대는 몸뚱이를 푸르르 떨고는 이윽고 산 아래로 천천히 발길을 옮겼다.

인간들이 사는 느티마을로 향했다. 바람을 타고 인간 특유의 누린내가 코끝을 자극했다. 늑대는 인간들이 사는 마을로 성큼 들어섰다는 걸 냄새로 깨달았다. 긴장감 때문인지 걷다가 멈추고 멈추었다가 다시 걸으면서도, 인간 냄새를 좇아서 이 골목 저 담벼락을 기웃거리며 돌아다녔다. 늑대굴이 부서지고 무리가 떼죽음을 당한 후에, 오히려 후각을 자극하는 인간들의 냄새가 생존의 의지를 북돋워주었다. 그런데도 간혹 인간의 코 고는 소리에 놀라 귀를 쫑긋 세우면서 오줌을 지렸다.

난데없이 칼바람이 몰아치는 추위와는 달리 터럭을 쭈뼛 서게 하는 기운이 느껴졌다. 하늘에서 눈발이 흩날리기 시작했다. 늑대는 더 혹독한 시절로 성큼 들어섰다는 걸 육감적으로 깨닫고는 앙상한 목을 길게 빼고 구슬프게 울부짖었다.

"어우우 어우우우."

까무룩 잠이 들었던 진규는 늑대 울음소리에 불에 덴 듯 화들짝 놀라며 눈을 떴다. 애끓듯이 귓속을 파고드는 늑대의 울음소리에 심장이 조여들었다.

'저놈의 늑대가 왜 울어!'

진규는 순간, 단잠을 깨우고 공포의 도가니로 몰아넣는 늑대한테 짜증이 일어나 모로 돌아누웠다. 늪에 빠져서 헤어 나올 수 없는 아득한 절망감이 밀려들어 한숨을 토해냈다.

'오늘 하루도 목숨을 부지할 수 있을까?'

날마다 눈을 뜨면 스스로에게 던지는 물음이었다.

방 안으로 바람이 들이치지 못하게 막아놓은 문풍지가 북풍을 견디지 못하고 파르르 떨었다. 문풍지 떨리는 소리에 저절로 눈꺼풀이 떨려왔다.

진규는 가슴을 옥죄는 불안한 기운을 떨치려고 귓불을 잡고 비볐다. 자신도 모르게 나오는 버릇이었다. 얼른 전쟁이 끝나고 학교로 돌아가고 싶은 마음이 간절했다. 동무들과 어울려 멋진 미래를 설계하면서 그 꿈을 향해 나아가고 싶은데. 하지만 그 꿈은 움켜잡으려고 하면 어느새 머물지 않는 바람처럼 저만치 아득하게 멀어져 갔다.

이럴 때는 소원이 이루어지기를 기원하는 의식이라도 치르듯이 벌떡 일어나 호롱불을 켰다. 칠흑같이 어두운 세상에 불꽃 한 송이가 붉게 피어나자, 방 안에 붉은 물감이 번지듯 밝아졌다. 불안하던 마음이 조금은 누그러진 듯했다. 가끔 식구들이 잠든 틈을 타서 한밤중에 교복과 교모를 갖춰 입고 마당과 뒤란을 서성이거나 골목길까지 나서기도 했다. 혼자서 은밀하게 즐기던 이 짓도 인민군들이 마을에 들어오고 난 후에는 그만두었다. 혹시나 한밤중에 돌아다니는 인민군과 부딪칠까 봐 두려웠던 것이다.

아버지가 큰 마음먹고 소 한 마리 팔아서 제천에 있는 농고로 유학을 보내주었다. 공부를 열심히 한다는 이유로 형도 누려보지 못한 호강이었다. 그러나 갑작스레 일어난 전쟁은 한 학기도 지나지 않은 6월 말에 진규를 고향으로 되돌아오게 만들었던 것이다. 집에 돌아올 때만 해도 한두 달만 기다리면 전쟁이 끝날 줄 알았다. 전쟁이 끝나면 학교로 다시 돌아가리라는 희망을 가슴에 품고 놓지 않으려고 안간힘을 썼다. 그 희망마저 놓아버리면 열일곱 살 푸른 청춘은 허공으로 산산이 부서져버릴 것 같았다.

진규는 샛장지에 넣어둔 교복과 교모를 꺼내서 갖춰 입고 좁은 방 안을 왔다 갔다 했다. 밖으로 나가고 싶은 충동이 발끝에서부터 서서히 올라와 얼굴을 발갛게 달구었다. 문 앞에 쳐 놓은 담요를 들추고 방문을 살짝 열어보던 진규는 그만 눈이 휘둥그레지고 말았다.

"하, 눈이 내리네!"

하늘에서 목화솜 뭉치를 뿌리는 듯 함박눈이 송이송이 내렸다. 하늘도 담 너머 세상도 온통 목화솜 같은 하얀 눈으로 덮여 있었다. 마치 어두운 동굴 속에서 햇빛 한 줌을 선물 받은 것처럼 가슴이 활짝 트였다. 마음이 들떴다. 이불을 머리끝까지 뒤집어쓰고 있을 때는 세상이 온통 암흑천지라고 단정했는데, 진작 바깥은 함박눈으로 어둠을 물리치고 있었던 것이다.

진규는 어린아이 같은 기분에 이끌려 숫눈을 밟으면서 사립문 밖으로 나왔다. 숫눈길에 발자국을 찍으면서 마음속에서 불끈불끈 끓어오르는 분노를 잠재웠다.

호두나무로 울타리를 둘러쳐 놓은 덕배 할아버지네 언덕길을 올라가는데 산자락에서 난데없이 누가 불렀다.

"거기 누구요?"

진규는 우뚝 멈춰 섰다.

'인민군? 피난민? 동네 사람?'

마을에 인민군과 피난민들이 밀려들면서 사람을 분류하는 버릇이 생겼다. 전쟁이 터지기 전에는 외따로 떨어진 산골 마을이어서 외지인들 발걸음이 가뭄에 콩 나듯 뜸했다. 그런데 전쟁이 터지고 나니까 강원도 영월에서 태화산 등성이를 타고 넘어오는 낯선 피난민들과 인민군들의 발걸음이 잦아졌다. 피난민들은 불쌍하면서도 불편하고 귀찮은 존재들이었다. 총을 어깨에 메고 다니는 인민군들은 공포의 대상일 수밖에 없었다. 대대로 피붙이처럼 가깝게 지냈던 마을 사람들끼리도 전쟁의 기운이 덮치면서 서로 믿을 수 없는 사이가 되어버렸다. 그러니 매 순간 저승사자 앞에서 삶과 죽음의 갈림길에 놓인 것처럼 긴장할 수밖에 없었다.

"동네 주민입니다."

진규는 소리 나는 쪽을 향해 대답했다. 머리와 어깨에 눈을 뒤집어쓴 눈사람 하나가 걸어오는데 가슴이 쿵쿵거렸다.

"해방군이오. 눈이 풍성하게 내립니다."

"……."

"우리 고향도 눈이 엄청 내리는 곳인데……. 겨울이면 온 천지가 하얘서 우리 할아버지가 그랬어요. 저게 다 쌀이면 얼마나 좋을까……."

인민군이 가까이 다가와서 턱을 치켜들고는 하늘을 올려다보았다. 마치 무엇인가 응시하듯 가만히 올려다보는 그 모습에 진규는 긴장을 놓지 않았다. 그러면서도 따라서 하늘을 응시했다. 아득한 하늘은 무심하게 하얀 눈송이를 뿌리기만 했다.

진규는 인민군 청년을 흘끔 훔쳐보다가 눈이 마주쳤다.

"잠이 안 와서요. 내 고향도 이 느티마을과 닮아서 왠지 정이 가요.”

“그래요.”

진규는 애써 용기를 내어 대꾸를 해주었다. 인민군을 골목에서 만나면 간혹 이런저런 질문을 했다. 그러면 몇 마디 건성으로 대답해주긴 하지만, 이렇게 마주 보고 대화를 하기는 처음이었다.

‘저 인민군도 고향이 있고 식구들이 있었구나!’

짧은 순간, 인민군에게 사람의 온기가 느껴졌다. 고향을 그리워하며 촉촉하게 잠긴 목소리가 여느 친한 동무들과 다르지 않았다. 하지만 퀭하게 파인 깊은 눈동자는 마음에 걸렸다. 상대는 총을 들고 마을에 들어온 이방인이 아닌가.

“농고에 다닌다고 들었어오. 나도 고보에 다니다가 조국 통일을 위해서 전쟁에 참전했어요.”

인민군은 자랑스러운지 당당하게 말했다. 진규는 목구멍까지 치밀어 오르는 말을 꿀꺽 삼켰다. 같은 동포끼리 총을 들고 싸우는 이 전쟁을 당당하게 말하는 인민군 청년에게 반감이 생겼던 것이다.

“몇 살이요? 나는 열일곱인데……. 고향에 할아버지, 할머니, 어머니, 동생들 셋이 있어요. 우리 아버지도 전쟁에 참전했는데 남조선에서 만날 수 있을지…….”

똑 부러지게 말하던 인민군 청년의 목소리가 잦아들더니 끝내 말꼬리를 흐렸다. 진규는 왠지 가슴이 찡하고 슬픔이 깃든 여운이 남았다. 남 일 같지가 않았다. 집안의 장남인 진수 형이 전쟁터에 나가서 아직 소식이 없었던 것이다. 식구를 전쟁터에 내보내고 가슴 졸이는 심정은 인민군도 같을 거라는 생각이 들었다.

"나와 동갑이네. 난 김진규입니다."

"오창숩니다."

인민군 청년이 손을 내밀면서 악수를 청했다.

"어디 가는 길인가요?"

진규가 악수를 하면서 물었다. 인민군들은 밤에 뭘 하는지 궁금했지만 알 수가 없었다. 마을 사람들도 해가 지면 아예 바깥출입을 하지 않았던 것이다.

"잠이 안 와서⋯⋯. 전쟁이 빨리 끝나야 고향으로 돌아가지요."

오창수 목소리가 물기 머금은 것처럼 축축하게 젖어들었다.

진규는 새삼 오창수도 집으로 돌아가고 싶어 한다는 걸 알고는 가슴이 먹먹했다. 여태껏 인민군은 내 목숨을 위협하고 내 일상을 망가뜨린 불한당으로만 여겼다. 갑작스런 전쟁의 소용돌이가 진규의 푸른 가슴을 단단한 돌덩어리로 만들어 내 편과 적으로만 나누는 버릇이 생겼던 것이다.

오창수와 애기를 나누는 사이 시나브로 어슴푸레한 새벽이 밝아왔다.

"가야 해요."

잠시나마 경계선을 허물고 인민군 오창수와 맞장구를 친 게 진수의 마음을 무겁게 했다. 누가 엿보기라도 할까 봐서 찬바람을 일으키며 돌아섰다.

"만나면 서로 인사하고 지내요. 동갑내기 동무!"

오창수의 한결 친밀한 목소리를 떨쳐내며 진규는 집을 향해 종종걸음을 쳤다. 눈발이 켜켜이 쌓여가면서 걸음마다 발목이 잠겨

들었다. 긴장한 탓인지 추운 줄도 모르고 이야기를 나누었는데, 그 순간이 끝나자 차가운 기운이 뼛속까지 파고들었다.

집으로 가는 길에 진규는 문득 멈춰 섰다. 솔수펑이에서 나오는 늑대를 보았던 것이다. 늑대가 지나오는 길목에 소나무 잎사귀에 얹혀 있던 눈송이가 사르르 떨어져 내렸다.

진규는 단잠을 깨운 늑대의 울음소리를 떠올리면서 쓴웃음이 나왔다.

'저 녀석은 왜 새벽부터 돌아다니는 거야?'

한껏 숨소리를 죽인 채 늑대를 바라보았다. 늑대도 걸음을 멈추고 눈바람을 맞으며 진규를 물끄러미 보고 있지 않은가. 간혹 나들이를 나갔다가 밤에 만나기라도 하면 먼저 피하는 늑대가 가만히 있자, 진규는 호기심이 발동해서 같이 지켜보았다.

추위를 견디면서 마치 기싸움을 하듯 한동안 보고 있어도 늑대는 물러설 기미가 없었다. 진규는 어깨를 잔뜩 오므리고는 먼저 발길을 돌렸다. 뒤를 힐끔 돌아보면서 걸어오는데도 늑대는 돌부처처럼 움직이지 않고 계속 진규를 지켜보고 있었다.

'나하고 한번 해보자는 거야, 뭐야!'

늑대의 기세에 주눅이 든 것 같아 진규는 기분이 상했다. 늑대한테서 오창수의 퀭한 눈동자가 겹쳐 떠오르면서 감정이 혼란스러웠다.

집으로 돌아와 동생들이 잠자는 건넌방 문을 조심스럽게 열었다. 온 천지가 하얀 눈으로 뒤덮여 있는 것도 모른 채 동생들은 가는 코를 골면서 잠에 빠져 있었다.

'내가 지켜줄 거야. 부디 전쟁이 끝날 때까지 아무 탈 없이 이렇게라도 지내자.'

진규는 전쟁터로 나간 형을 대신해서 동생들을 돌봐야 한다는 의무감에 사로잡혔다. 문득, 좀 전에 만났던 동갑내기 오창수가 생각났다. 어쩌면 자신도 언젠가는 전쟁터로 내몰릴지 모른다는 막연한 불안감이 밀려들었다.

아직 일어나지도 않은 미래의 불안감을 지워버리려 진규는 방으로 돌아와 문을 잠갔다. 형을 대신해야 한다는 부담감에 머리와 두 어깨에 얹혀 있는 눈이 더 무겁게 느껴져서 손으로 탈탈 털어냈다.

형과 함께 쓰던 방이 오늘따라 더 휑하게 느껴졌다. 형은 무사히 식구들 품으로 돌아올 수 있을까? 진규는 어떤 상상도 앞세워 판단하지 않으려 고개를 흔들었다.

자리에 누워 이불을 머리끝까지 뒤집어쓴 채 지그시 눈을 감았다. 쉬이 잠이 올 것 같지 않아서 더 고통스러웠다. 밖에서 아버지의 권위를 알리는 밭은기침 소리가 몽롱한 정신을 일깨웠다. 아버지는 농한기인데도 세상이 어지러워 새벽잠이 없어졌다면서 종종 어슴푸레한 새벽에 이름을 불렀다.

"진규는 자는 거냐?"

진규가 이불을 들추고 앉는 동시에 아버지가 문을 흔들었다. 진규가 방문을 열자 아버지는 또 밭은기침을 했다.

"어휴, 눈이 엄청 많이 오는구먼."

아버지는 마당을 보라면서 고갯짓을 했다.

"늑대가 우니까 마음이 스산해서 당최 누워 있을 수가 있어야지. 아무래도 방공호를 마저 지어야겠구먼."

아버지가 불안한 마음을 달래려고 괜히 일거리를 찾아 나섰다.

"눈이 와서 땅이 얼었을 거예요. 날씨가 좀 풀리면 튼튼하게 지어요."

"요즘은 밤에 폭격 소리도 더 잦아지고, 인민군들도 총 들고 설치니까 잠시도 마음을 놓을 수가 없어. 네 형은 전쟁터에 나가서 소식도 하나 없고 너한테도 무슨 일이 닥칠지 몰라서 내가 더 불안해."

진규는 아버지의 힘없는 목소리에 마음이 무겁게 가라앉았다.

"지금 할 거예요?"

"그려. 다른 사람들 나오기 전에 일을 끝내야겠어. 옷 두껍게 입고 나와."

진규는 솜옷을 입고 털목도리로 목을 감쌌다. 밖에서 아버지가 서둘러 나오라는 듯 밭은기침을 하자 걸음걸이가 허둥거렸다.

"뒤뜰에 방공호만 손볼 건가요? 다른 집들은 여러 군데 파놓은 눈치던데……."

마을 사람들 중에 성미 급한 사람들은 벌써 곡계굴로 피난을 떠났다. 이웃들 몰래 집집마다 방공호를 여러 개 파놓았다는 소문도 파다했다. 아버지는 진수 형이 전쟁터에 나간 후에 피난이란 말을 입 밖에 꺼내지도 못하게 했다. 진수 형이 무사히 돌아올 때까지 식구들은 집에서 기다려야 한다는 것이다. 하지만 밤낮으로 터지는 폭격 소리에 대비해서 뒤뜰에 양팔 너비만 한 방공호를 하나 마련해놓았다.

"장독간 옆에도 하나 파놔야 할 거 아냐. 피난민들도 자꾸 몰려와서 밤중에 이 집 저 집 기웃거리고 다니니까 마음이 불안해서 환장하겠어. 도둑이 들어 겨울 식량이 거덜 나기 전에 미리 준비해둬야 할 거구먼."

아버지는 삽과 곡괭이를 들고 뒤란으로 서둘러 걸음을 옮겼다. 진규는 약해져가는 아버지 모습에 앞날이 더 불안하게 느껴졌다. 눈이 내리고 겨울 속으로 성큼 들어오니까 한결 조급해하는 눈치였다. 이럴 때는 묵묵히 아버지 뜻에 따라서 행동하는 게 집안을 덜 시끄럽게 하는 길이다.

방공호에 얼기설기 덮어놓은 나뭇가지를 들추었다. 그동안 비가 오지 않아서 땅에 물이 고이지는 않았다. 하지만 위기가 닥쳐서 방공호에서 밤을 지새우게 된다면 귀신도 모르게 얼어 죽기 십상이다.

"구덩이를 더 깊게 파야겠어요. 식구들이 다 숨어야 되잖아요."

"무슨 일이라도 일어나면 다른 사람들은 곡계굴로 우선 피하고, 집은 나 혼자 지낼 건데 이 정도 공간이면 자면서 뒹굴어도 끄떡없을 거야."

진규는 말대꾸 대신에 구덩이 속으로 풀쩍 뛰어들었다. 한 사람 겨우 앉을 만한 너비와 높이가 마음 놓이지 않았다. 밤을 지새우려면 두 다리 쭉 뻗고 누울 만한 자리는 확보해야 된다고 어림잡아 판단했다.

미리 깔아둔 넓적한 돌을 땅 위로 들어 올리고는 땅을 더 깊고 널찍하게 파기 위해서 곡괭이질을 했다. 아버지는 무엇이 마음 내키지 않는지 혼잣말로 구시렁거리면서 못마땅해하는 눈치였지만 말리지는 않았다.

"전쟁이 끝날 때까지는 고생해야지 어떡하겠냐."

아버지는 불안해하는 모습과는 달리 전쟁이 곧 끝날 거니까 그때까지 조금만 참자고 식구들에게 늘 큰소리치기 일쑤였다. 그런데 날이 갈수록 왠지 초조해 보였다.

진규는 곡괭이질을 하다가 솜옷을 벗고 목도리도 벗어서 아버지한테 건네주었다. 눈발이 점점 굵어지는데도 힘주어 곡괭이질을 하니까 이마며 목덜미에 땀이 배어 나왔다. 가만히 서서 지켜보던 아버지는 진규가 건네준 옷을 들고 앞마당으로 갔다가 곧장 널찍한 판자를 가지고 왔다.

"바닥에 돌을 깔고 그 위에 멍석을 깔자꾸나. 그래야 추위를 조금이라도 더 막아줄 거 아냐."

아버지는 내친김에 작정하고 방공호를 튼튼하게 짓기로 마음을 바꾼 것 같았다.

"눈 오는데 뭔 일이여?"

부산을 떠는 소리에 잠귀가 밝은 어머니가 부스스한 얼굴로 나왔다.

"뭔 일은! 보면 몰라. 세상 돌아가는 꼬락서니가 심상치 않아. 당신도 피난 보따리 싸서 아이들 데리고 곡계굴로 피신해야 될 것 같네."

"우리도 기어이 곡계굴에 들어가요? 어휴, 그곳은 가기가 꺼림칙한데. 진짜 싫은데……."

어머니가 못마땅한 듯 볼멘소리를 했다. 진규는 마을 어른들한 테 전해 들은 전설이 떠올랐다. 곡계굴은 옛날부터 괴기스러운 예언이 전해 내려왔다. 정감록에도 기록되어 있다는 예언은 언젠가 곡계굴에는 피 울음이 울려 퍼진다는 것이다.

마을 전설과는 달리 임진왜란을 겪고, 동학을 겪고, 일본 식민지로 35년 9개월이라는 암흑의 세월을 보냈지만 곡계굴 예언은 일어나지 않았다. 그런데 한국전쟁이 터지자 간간이 내려오던 곡계굴 예언은 불안한 기운으로 마을 사람들에게 스며들었다. 굳이 드러내놓고 예언을 꺼내지는 않았지만, 곡계굴을 피하는 분위기가 음습한 공기로 떠돌아다녔다.

먼저 곡계굴을 은신처로 삼은 사람들은 거처할 보금자리가 마땅찮은 피난민들이었다. 뒤이어 마을 사람들도 점차 발길이 잦아졌다. 전쟁의 불길한 기운이 마을 사람들을 동굴 속으로 밀어 넣었던 것이다.

곡계굴은 느티마을을 에둘러 싸고 있는 태화산 자락에 은밀하게 숨어 있는 길고 구불구불한 석회동굴이다. 동굴 천장과 벽은 두껍고 튼튼한 석회암으로 둘러싸여 있고, 굴을 덮은 숲의 나무라고는 부스러기 땔감밖에 안 되는 다복솔이 듬성듬성 버티고 있었다. 숲이 허술해 보이지만, 하늘에서 내려다보면 굴이 있는지 알 수 없을 정도로 티가 나지 않았다.

진규는 집을 떠나야 할지 모른다는 예감만으로도 정신이 사나웠다.

2. 전설의 곡계굴로 가다

뒤뜰에 방공호를 만들어놓고서 진규는 한숨을 돌렸다. 집안일을 하나씩 처리하면서 어려운 숙제를 끝낸 듯이 뿌듯했다.

"아버지, 이만하면 됐죠?"

"그려. 이제 장독대 옆에도 하나 파놓는 게 좋을 거야."

아버지는 숨 돌릴 틈도 주지 않고 다그쳤다. 하늘에서 폭탄을 퍼붓는다면 이까짓 널빤지로 덮은 방공호는 순식간에 날아갈 것이다. 아버지도 그 정도는 짐작할 수 있으면서도 불안한 마음에 굳이 방공호를 더 만들겠다고 한 것이다. 마치 너구리가 늑대를 피해 굴속에 여러 개의 방을 위장해놓듯이. 진규는 짐승과 같은 행동과 생각을 한다는 게 자존심이 무너지는 것 같아 씁쓸했다.

아버지는 앞마당 장독대 옆에도 방공호를 지어놓고서 늦은 아침을 먹고 나서 식구들을 불러 모았다.

"아버지 말 명심해. 그래야 이 흉흉한 세상에서 살아남을 수 있을 거야."

식구들은 아버지가 무슨 결단을 내렸는지 불안한 눈빛으로 빤히 보았다.

"오늘 밤부터 내가 집을 지킬 테니까 진규는 어머니하고 동생들 데리고 곡계굴에 들어가."

"곡계굴로 가요?"

분희가 실망한 듯 볼멘소리로 되물었다.

"진짜 곡계굴에 들어가 살아요? 우아!"

진배는 부모님 눈을 피해서 풀 방구리에 생쥐 드나들 듯이 곡계굴에 들락거렸다. 동네 또래랑 피난민 아이들이랑 전쟁놀이에 흠뻑 빠져 있었던 것이다. 그러니 곡계굴로 들어가는 게 진배한테는 일종의 전쟁놀이였다. 철딱서니 없는 막내의 행동을 보면서 진규는 씁쓸했지만 야단칠 수만은 없었다. 아직 아홉 살배기 진배가 전쟁이 무엇인지 이해할 수 있는 나이도 아니지 않는가.

"아버지, 우리도 남쪽으로 피난 가요?"

진수 형이 돌아올 때까지 피난은 가지 않겠다고 아버지가 못을 박았는데도, 유난히 분희가 피난을 가고 싶어 안달하는 눈치였다. 피난민들이 마을에 잠시 머물렀다가 다시 떠나니까, 열두 살의 분희는 엉덩이가 들썩거리는 모양이다. 분희에게 피난은 먼 미지의 세계로 소풍을 떠난다는 생각인가 보다. 벌써 자기 책과 옷가지를 돌돌 말아서 보자기에 싸두었던 것이다. 하지만 피난지는 태어나서 한 번도 가보지 못한 미지의 땅 남쪽이 아니라 곡계굴이었다. 그것도 기괴한 전설이 서려 있는 불길한 기운의 곡계굴이라는 게 죽을 맛인 양 콧구멍이 벌렁거리고 입술이 샐쭉거렸다.

"분희야, 진배야, 이 형만 믿으면 돼. 전쟁이 끝날 때까지만 숨어 있어."

진규는 동생들을 다독거렸다. 아버지 성화에 식구들은 곧장 곡계굴로 갈 보따리를 주섬주섬 쌌다. 바닥에서 찬 기운이 올라오는 걸 막아줄 멍석과 이불과 요를 먼저 챙겨서 지게에 갖다 얹었다. 두툼한 솜옷도 여벌로 챙겼다.

막상 집을 떠나려고 하니까 진규는 발걸음이 쉬이 떨어지지 않았다.

"아버지, 제가 집을 지킬게요. 아버지가 곡계굴에 들어가요."

아버지 혼자 빈집에 남겨두는 게 마음에 걸렸다. 아버지 이마에 검은 그림자가 잔뜩 끼어 있는 게 점점 미궁 속으로 빠져드는 것 같아 영 마음이 께름칙했던 것이다.

"소 잘 지켜요. 우리 집 재산이고 아이들 학교 다닐 밑천이잖아요."

어머니가 슬며시 끼어들며 아버지를 주저앉히려 했다. 그러자 남편보다 자식을 먼저 챙기는 게 내심 서운한지 아버지가 소리를 버럭 질렀다.

"별걱정을 다 하는구먼! 아무리 재산이 중하더라도 식솔 목숨보다 더 중하겠어. 아이들 밖으로 싸돌아다니지 못하게 잘 지키기나 해."

아버지 호통에 어머니가 무안한 듯이 입술을 불룩불룩하면서도 말대꾸를 하지는 않았다. 가장의 권위를 내세우려고 애쓰는 아버의 체면을 자식들 앞에서만큼은 세워주기 위함이다.

진규는 아버지와 함께 지게에 짐을 나눠 지고서 식구들과 길을 나섰다. 곡계굴은 집에서 삼백 미터 정도 떨어져 있는, 그리 멀지 않은 마을 밖에 있는 산자락이었다. 마음만 먹으면 잰걸음에 갈 수 있지만 마음의 거리가 멀어서 좀처럼 발걸음을 들여놓지 않았던 곳이다.

밤부터 내린 눈은 슬며시 그쳤지만, 땅은 곡계굴로 향하는 사람들의 발자국으로 다져져 땡땡하게 얼어버렸다. 자칫 딴생각에 헛발질이라도 하면 미끄러져서 패대기쳐진 개구리처럼 사나운 꼴이 되기 십상이었다.

"조심해."

앞장서 걷던 아버지가 마음이 놓이지 않는지 짬짬이 주의를 주었다. 말이 씨가 된 걸까. 빙판길에 미끄럼을 타듯 장난을 치며 걷던 진배가 미끄러지면서 호롱을 박살 내고 말았다.

"이 자식, 얼른 일어나!"

아버지가 호롱 깨지는 소리에 뒤돌아보면서 버럭 소리를 질렀다. 아버지한테 더 혼날까 봐서 아파도 드러내놓고 투정을 부리지 못하는 진배가 콧구멍을 벌렁거리면서 울음을 참았다. 진규는 어깨에 둘러맨 지게가 미끄러운 빙판 위에서 바위 덩어리처럼 무겁게 느껴졌지만, 호롱을 깨트려서 한껏 움츠려 있는 동생을 다독거렸다.

"진배야, 울지 마. 괜찮으니까 얼른 일어나."

진배가 아버지 눈치를 힐끔 보면서 그제야 주먹으로 눈물을 닦았다. 먼 곳으로 떠나는 피난길도 아니고, 집에서 동굴로 거처를 옮기는데도 왠지 모를 서러움이 울컥 치밀어 올랐다.

곡계굴로 들어가는 입구 주위에는 미처 안으로 옮기지 못한 살림살이 짐들이 빼곡하게 쌓여 있었다. 마을 사람들이 몰고 온 소와 돼지들도 뾰족 튀어나온 바윗돌과 나무 그루터기에 굵은 줄로 묶어두었다. 곡계굴 옆으로 난 비탈길을 개간해서 층층이 만들어놓은 돌무지 수수밭에 피난 온 아이들이 미끄럼을 타며 놀고 있었다.

"지게는 여기 내려놓고 우선 들어가서 자리를 잡아야지. 굴 안쪽이 낫겠어, 바깥쪽이 낫겠어? 네 생각은 어때?"

예전 같으면 당신 생각이나 판단을 일방적으로 식구들한테 명령하던 아버지가 진규에게 슬며시 선택을 미루었다. 불시에 어떤 사건이 벌어질지 모르는 상황에 직면하자 아버지는 나약한 모습을 내비쳤다.

"지금이 정월달인데 얼어 죽을 일 있어요? 안쪽이 훨씬 낫지. 바깥쪽은 사람들이 들락거려서 번잡하고 눈바람이 몰아치면 추워서 하룻밤도 못 버티지……."

진규가 결정을 못 하고 우물쭈물하는 동안 어머니가 당차게 결론을 내렸다.

"그럼 그러든지……."

아버지가 지게를 내려놓으면서 힘없이 대꾸했다. 아버지의 초라해지고 자신감을 잃어가는 모습과는 달리, 어머니는 날로 목소리가 높아지고 결정도 빠르고 대담해져갔다. 그러니 식구들도 목소리가 큰 어머니 말에 따르는 게 마음이 놓이는 눈치였다.

진규는 자리를 찾으면 미리 잡아두려고 멍석을 어깨에 둘러메고 아버지와 함께 동굴 안으로 들어갔다. 동굴은 여름에는 시원하고 겨울에도 춥지 않을 만큼 일정한 온도를 유지해서 피난처로는 안성맞춤이었다. 하지만 위험이 닥쳤을 때 얼른 바깥으로 피하려면 굴 입구가 유리했다. 그래서인지 동굴 입구부터 피난민들이 자리를 차지하고 앉아서 사람 하나 겨우 지나다닐 만큼 길이 나 있었다. 좁고 구불구불한 어두운 길이지만 안쪽으로 들어갈수록 곳곳에 어둠을 밝히려고 호롱불을 켜두었다. 마치 지하 세계가 따로 존재하는 분위기였다. 일렁거리는 호롱불에 비친 희미한 얼굴들을 보며 진규는 또 곡계굴 전설이 떠올랐다. 언젠가는 곡계굴에서 피울음이 울려 퍼진다는 전설.

'아닐 거야! 내가 괜히 쓸데없는 상상을 하는 거야!'

진규의 염려와는 달리 동굴 안으로 들어갈수록 피난민들이 비교적 평온하게 앉아 있었다. 사랑방처럼 호롱불을 가운데 두고서 빙 둘러앉아 도란도란 이야기를 나누고, 안방인 양 두꺼운 이불을 뒤집어쓴 채 누워 있기도 했다.

뱀이 기어간 자리처럼 구불구불한 길을 따라서 들어가자 모퉁이를 돌아 왼쪽으로 길이 이어졌다. 열 발자국 남짓 걷고 나자 이번엔 오른쪽으로 모퉁이가 꺾어져 있었다. 길은 내리막길로 어두컴컴한 안쪽은 배꼽마당처럼 둥그렇게 넓었다.

"어디가 좋겠냐?"

아버지가 걸음을 멈추고 주위를 휘 둘러보았다.

"그 집도 피난 왔어? 꿈쩍도 안 하더니만 어쩐 일이여?"

아버지 친구가 아는 척을 했다.

"집 나오면 개고생이라서 어떻게든 버텨보려고 했는데, 밤마다 공습이 심해서 불안해서 왔지. 늦게 와서 자리가 마땅찮네."

아버지는 어영부영 미루다가 늦게 온 것을 아쉬워하는 눈치였다. 앉거나 눕기 편편하고 비교적 안락한 곳은 이미 피난민들이 자리를 차지하고 있었던 것이다.

"진규야! 진규야, 우리 여기 있구먼."

큰아버지 목소리였다. 큰아버지네는 벌써 동굴로 피난을 해서 가장 안쪽에 자리를 차지하고 있었다.

"여기로 얼른 와. 샘물도 있어."

동굴 천장에서 한 방울씩 떨어지는 물이 고여 제법 깊은 웅덩이가 생겨난 곳이다. 동굴 깊숙한 곳에서 생명수를 보자, 진규는 어둡던 마음에 샘물 같은 희망의 기운을 느꼈다. 적어도 동굴 속에서 물은 실컷 마실 수 있었다.

큰댁 식구들은 친척의 정을 챙기느라 앉은 자리와 짐 보따리를 좁히면서 기꺼이 공간을 내주었다.

"곡계굴이 가장 안전하다니까. 전투기로 폭탄을 퍼부어도 바위가 튼튼해서 끄떡없어. 우리 마을에 이런 동굴이 있는 게 천운이여 천운!"

큰아버지가 특혜를 입은 마을에 사는 게 자랑스럽다는 듯 엄지손가락을 치켜세우면서 주위를 휘 둘러보았다. 그러자 옹기종기 모여 있던 사람들도 덩달아 '암, 암, 그렇고말고!' 하면서 떠들썩댔다.

진규는 새가 둥지를 짓듯 멍석을 깔아두었다. 멍석 하나 깔았을 뿐인데 아늑한 보금자리를 마련한 것처럼 흐뭇하고, 사람들과 어울려 있으니까 불안감과 공포도 나누어지는 듯했다. 살아도 함께 살고 죽어도 함께 죽는 공동 운명체를 느꼈던 것이다.

"가서 물건도 챙겨오고 식솔들도 데리고 오자꾸나."

아버지는 큰댁 식구들한테 자리를 지켜달라고 거듭 당부하고는 서둘러 밖으로 나왔다. 난리판에는 남의 것 내 것 없이 먼저 차지하는 놈이 임자라며 내 것에 강한 집착을 보이는 아버지가 안쓰러웠다.

식구들을 데리고 짐을 하나씩 동굴로 옮겼다. 뒤따라온 어머니는 동굴이 울리도록 한숨을 쉬고, 분희는 겁먹은 눈망울로 두리번거리면서 사람들을 살폈다. 그래도 진배는 아랑곳하지 않고 새집에 이사라도 온 양 호기심 가득 찬 표정으로 망둥이처럼 뛰어다녔다.

아버지가 두 동생에게 눈을 부릅뜨고 엄포를 놓았다. 아직 어린 동생들이 철딱서니 없이 마음대로 돌아다니면서 문제를 일으킬까 봐서 미리 다짐을 받아두는 것이다.

"아버지, 다른 집들은 소를 여기다 옮겨놓았는데 우리 소는 어떡해요?"

진규는 소가 계속 마음에 걸렸다. 소를 지켜야 전쟁이 끝나고 학교에 다닐 수가 있는데, 혹여 탈이라도 날까 봐서 여간 마음이 쓰이는 게 아니었다. 손바닥만 한 수수밭 뙈기는 식구들 입에 풀칠하기도 모자라고, 전쟁 통에 아버지와 어머니는 품팔이도 나갈 수 없었다. 동생들도 학교에 다녀야 하니까 소는 목숨만큼이나 소중한 재산이었다.

"글쎄, 집에 두는 게 안전한지 동굴 밖에 두는 게 안전한지 나도 잘 모르겠구먼. 일단은 내가 지키고 있을 테니까 더 두고 봐. 너무 걱정하지 마라. 하늘이 무너져도 솟아날 구멍이 있다고 하잖아."

진규도 더는 토를 달지 않았다. 아버지 생각을 거역하는 것 같아서 겉으로는 아무렇지도 않은 척했지만 애가 타들어가는 건 어쩔 수가 없었다.

아버지는 동네 어른들과 피난민들이 둘러앉아 세상 돌아가는 얘기를 나누는 데 끼어들어 한숨을 보냈다.

짐을 다 옮겨놓고 진규는 집으로 돌아와서 우사를 들여다보았다. 어미 소가 큰 눈망울을 슴벅이면서 무심하게 바라보았다. 이 난리판에도 어미 소 옆에는 송아지가 찰싹 달라붙어서 추위를 견뎌내려는 듯 눈을 지그시 감고 있었다.

"타는 내 마음을 누가 알겠냐!"

진규는 혼잣말로 중얼거렸다. 막상 곡계굴로 식구들이 들어가고 나니까 피난살이를 피부로 실감했던 것이다. 가슴에 큰 구멍이라도 난 듯 허전해서 토담을 따라 털레털레 걸었다. 그러다 뒤뜰 모퉁이에 있는 나뭇간이 반도 차지 않은 걸 보았다. 부엌에도 나뭇단이 두 덩이밖에 없는데, 겨울을 지낼 일이 아득했다. 마을과 가까운 산허리는 마을 사람들뿐만 아니라 피난민들, 인민군들까지 땔나무를 해대느라 민둥산이 되어버렸다. 높은 산에는 한 아름 되는 나무가 있지만 눈까지 내려 지게를 지고 오르내리기 미끄러워서 망설여졌다.

진규는 부엌으로 들어가 아궁이를 들여다보았다. 급하게 밥을 해먹고 곡계굴로 간다고 어머니가 아궁이 속에 나뭇재를 그대로 둬서 소복하게 쌓여 있었다. 뭐라도 해야지 텅 빈 가슴을 달랠 것 같아서 나뭇재를 긁어냈다. 그러고는 삼태기에 담아서 담벼락 옆에 있는 감나무 둘레에 뿌렸다. 지금은 비록 흰 눈으로 덮여 있지만 봄에 얼음이 녹으면서 기름진 거름으로 풍성한 감이 주렁주렁 열려주길 바라면서.

나뭇재를 다 퍼내고는 잔가지와 나무때기를 넣고 그 위에 굵은 나무토막을 넉넉히 넣어두었다. 혼자 집을 지키고 있을 아버지의 헛헛한 마음을 따뜻한 불기운으로나마 달래주고 싶었다. 부뚜막 한쪽에 모아둔 관솔 하나를 꺼내서 성냥불을 붙였다. 기름 냄새를 진하게 풍기면서 타오르는 관솔을 잔가지에 쑤셔 넣었다. 마른 가지가 제 육신을 태우느라 타다닥 비명을 지르며 불길을 피워 올렸다.

진규는 불길이 타오르는 걸 보고는 지게에 도끼를 얹고서 골목을 나섰다. 그런데 맞은편에서 인민군들이 떼로 몰려 걸어오고 있었다. 그 가운데에는 새벽녘에 만났던 오창수도 보였다.

진규는 인민군들과 마주칠세라 얼른 샛길로 피했다. 인민군들이 지나가기를 기다렸다 골목 모퉁이를 돌아 사라질 즈음에야 산으로 올라갔다.

참새들이 눈밭에서 푸드덕거리면서 날아다녔다. 새들이 나뭇가지를 오르내릴 때마다 솔잎에 얹혀 있던 눈이 사르르 떨어져 내렸다. 진규는 걸음을 멈추고는 그 광경을 한동안 바라보았다.

"너희들도 이 모진 겨울을 무사히 견뎌야지 따뜻한 봄을 맞이할 거야."

진규는 부디 저 가녀린 목숨들이 살아남기를 빌었다. 이 모진 겨울을 보내고 있는 저 생명들에, 전쟁터에서 살아남을 수 있을까 하는 자신의 처지도 투영되었던 것이다.

지게를 내리고 주위를 둘러보았다. 땔감으로 적당한 나무는 눈에 띄지 않고, 쉽게 쓰러뜨리지 못할 아름드리만 드문드문 보였다. 아버지라면 도끼 한 자루로 거뜬히 쓰러뜨릴 수 있는 나무도 아직 진규한테는 버거웠던 것이다. 그렇다고 포기할 수는 없었다. 이제 식구들을 위해서 힘든 일이라도 용기를 내어야 했다.

진규는 개중에 부담이 적은 나무줄기를 찾아서 도끼질을 시작했다. 어금니를 깨물고 밑동을 쳤지만 되레 도끼가 튕겨 나왔다. 큰 나무줄기를 도끼질하는 것은 늘 아버지 몫이고, 진규는 운반이나 통나무를 들고 가기 쉽게 쪼개는 데 손을 보탰다.

"진규 동무, 나무하러 왔어요?"

언제 왔는지 오창수가 뒤에 서 있었다. 진규는 목례를 하고 다시 도끼질을 했다. 오창수가 지켜보는데 한 방에 쓰러뜨릴 수 있다는 걸 보여주고 싶었다. 그러나 욕심이 앞서니까 오히려 도끼가 튕겨 나와 망신스러웠다.

"내가 해볼게요. 도끼질이라면 고향집에서 내가 제일 잘했다오."

오창수가 도끼를 달라고 손을 내밀었다. 진규는 왠지 자존심이 상했다. 순순히 도끼를 내미는 손이 부끄럽고 속상했던 것이다.

"내가 어떻게 하는지 봐요. 우리 고향은 추워서 나무를 못하면 사내도 아니지요."

오창수는 잘난 척하면서 호들갑을 떨었다. 그래도 진규는 경계를 늦추지 않고 지켜보았다. 적으로 쳐들어온 오창수가 무슨 돌발 행동을 할지 몰라 마음을 놓을 수 없었다.

"이얏!"

오창수는 기합을 넣으면서 나무 밑동을 향해 도끼를 내리쳤다. 도끼날이 꽂히고 말았다. 오창수는 발로 나무를 치면서 그 반동으로 도끼날을 빼냈다. 몇 번 더 도끼질을 하고 나니까 나무가 흰 속살을 드러냈다.

"진규 동무, 저쪽으로 비켜요. 나무가 걸고 넘어갈 수 있어요."

오창수가 의기양양하게 말하자 진규는 은근히 부아가 났다. 오창수에게 자신도 사내라는 걸 증명해 보이고 싶었다. 큰 나무를 넘어뜨리는데도 힘으로만 도끼질을 하는 게 아니라, 요령이 있어야지 잘 넘어갈 수 있다고 아버지가 하신 말씀이 생각났다.

"내 차례네. 잘 봐요."

진규는 오창수가 머뭇거리는 동안 도끼를 빼앗아 이번엔 나무 반대쪽으로 도끼질을 했다. 밑동이 약해지니까 나무가 무게를 주체하지 못하고 흔들렸다. 진규는 도끼를 내려놓고 오창수 앞에서 보란 듯이 나무를 향해 발길질을 했다. 그러자 뿌지직 아우성을 치면서 나무가 쓰러졌다. 나무가 쓰러지는 순간, 진규는 오창수한테 지지 않았다는 생각에 어깨가 으쓱했다. 신경이 예민해져서일까. 별것 아닌 일인데도 잘난 척하고 싶은 마음을 억누를 수가 없었다. 적어도 인민군인 오창수에게 약한 모습은 보이기 싫었던 것이다. 그러나 지게에 얹어 가기 좋게 나무토막을 낼 때는 오창수가 거들어주어 한결 고생을 덜었다.

"동무, 조금만 놀다 가요. 태화산을 넘어서 북쪽으로 후퇴해야 하는데 잠시라도 말동무가 되고 싶어요.”

“북쪽으로 돌아가요?”

진규는 귀를 쫑긋 세웠다. 인민군들이 마을에서 나간다는 말이 반가웠던 것이다. 인민군들이 북쪽으로 후퇴하면 전쟁이 끝날지도 모른다는 희망이 번갯불처럼 번쩍 일어났다.

“잠시 후퇴하는 건지……. 진규 동무, 미군들을 조심해요. 너무 믿지 마세요.”

진규는 대답 대신에 그루터기에 걸터앉았다. 그러자 오창수도 나무토막 위에 걸터앉으면서 머리카락을 매만졌다. 덥수룩한 머리카락이 엉클어져서 언뜻 산짐승처럼 보였다.

“겨울을 지내기가 너무 힘들어요. 춥고 배고프고…….”

오창수가 한숨을 쉬었다.

“고향에 있었으면 이런 고생은 안 하잖아요?”

“강대국들이 자기들 마음대로, 자기들 이익대로 서로 모의해서 우리 죄 없는 한반도를 반으로 갈라 억지로 분단을 만들었잖아요. 그러니 조국 통일을 위해 앞장서지는 못할망정 숨어 있는 건 배신자가 되는 거지요. 그래서 지원했어요.”

진규는 자신이 비겁하게 숨어 지내는 것 같아서 부끄러웠다. 집에 있는 것도 모자라 곡계굴로 들어가서 피신한 건 왠지 오창수 앞에서는 말할 수 없을 것 같았다. 조국 통일이라는 생각을 자신은 그리 심각하게 생각해보지 않았던 것이다. 단지, 가난한 집안에서 부모님이 고생해서 공부를 시켜주는데, 그 보답을 보란 듯이 하고 싶었다.

"전쟁터에 나와 보니까 서로 죽이고 인민들이 우리를 무섭다고 피난을 떠나고……. 남조선으로 내려오면 대환영할 줄 알았어요. 통일을 위해서라면 한마음인 줄 알았는데, 그런데……."

오창수가 말끝을 흐렸다. 하고 싶은 말이 많지만 속으로 삼키는 듯했다. 진규는 이때를 놓치지 않고 마음에 담아두었던 말을 꺼냈다.

"조국 통일을 위한다는 명목으로 일으킨 전쟁이 결국은 동포끼리 총을 겨누는 비극을 낳았잖아요. 서로 죽이는 싸움일 뿐이에요. 언제 죽을지 언제 전쟁터에 끌려갈지 모르고 늘 불안에 떨면서 살고 있어요. 전쟁은 미친 짓이에요."

어느덧 진규 목소리가 분노에 찼다. 그러자 오창수는 한숨을 쉬면서 하늘을 올려다보았다. 아침나절 내내 눈을 뿌렸던 하늘은 시나브로 날이 저물어가고 있었다.

"우리 조국이 분단만 되지 않았어도…… 아니, 서로 편을 나누어 싸우는 건 더 미친 짓이죠. 분단만 되지 않았어도 동족 간에 총을 겨누는 비극은 일어나지도 않았을 테죠."

오창수도 안타까운 마음을 드러냈다. 진규는 정신을 가다듬었다. 아버지가 시국이 어지러울 때는 절대 정치 이야기는 입에 올리지 말아야 살아남는다고 했던 말씀을 잠시 잊어버렸다.

진규가 침묵을 지키자 오창수가 또 입을 열었다.

"내 생각도 진규 동무랑 같아요. 우리는 피를 나눈 동족인데 우리나라를 침략하고 식민지로 만든 일본보다도 더 미워하는 관계가 되면 안 되지요. 진규 동무, 이 전쟁에서 꼭 살아남아요. 조국 통일이 되면 좋은 동무가 될 겁니다."

오창수가 고개를 숙이고 신발을 내려다보았다. 진규도 오창수의 눈길을 좇아 신발을 보았다. 한겨울인데도 신발이 떨어져 헝겊으로 친친 감고 다녔다. 진규는 가슴이 짠했다. 동무로 만났으면 좋았을 텐데. 이렇게 둘이 앉아서 이야기를 나누어도, 땔나무를 하는 걸 도와주어도, 마음에서 밀어내야 된다는 강박증이 생겼던 것이다.

오창수는 신발을 벗고 양말을 벗었다. 푸르죽죽한 발등이 얼어서인지 보로통했다. 오창수는 손으로 발등을 주무르고는 다시 양말과 신발을 신었다. 진규는 그 모습을 보면서 마음 한구석이 아렸다. 형도 지금쯤 어디에선가 오창수 같은 모습으로 있을지도 모른다는 생각이 들자 가슴이 미어터졌다.

진규는 어머니가 손뜨개질로 만들어준 양말을 벗어 오창수에게 내밀었다.

"아닙니다. 괜찮습니다."

"난 집에 가면 어머니가 만들어준 양말이 또 있어요. 이거 신고 가요."

오창수가 머뭇거리다가 진규가 준 양말을 신고는 씩 웃었다. 그러면서 다 해어진 자기 양말을 버리지 않고 호주머니에 넣었다.

"언제 우리 마을에서 나갈 건가요?"

진규는 인민군뿐이 아니라 피난민들도 모두 마을에서 떠나기를 간절하게 바랐다. 그래야 전쟁이 터지기 전처럼 마을 사람들과 식구들이 오순도순 일상의 삶을 누릴 수가 있으니까.

"조국 통일을 위해서 우리가 왔다고 받아주시오. 이 불편한 전쟁을 조금만 참으면 영광의 날이 올 거예요."

오창수는 확신에 차서 말했다. 오창수의 몰골과 신념에 찬 목소리가 서로 어울리지 않아서 진규는 쓴웃음이 나왔다. 진규도 당연히 삼팔선으로 갈라진 나라가 통일이 되기를 원했다. 그러나 이 전쟁이 어떻게 흘러갈지, 정말 통일이 될지 미루어 짐작할 수도 없었다. 다만, 세계에서 군사력이 가장 막강한 미군들이 도와주러 왔으니 인민군들을 물리칠 수 있을 것 같았다. 알고 보면 한반도를 두 동강 내서 분단국으로 만든 장본인이 미국인데, 지금은 그 미군이 아군이었다.

인민군들이 물러나면 전쟁도 끝나고, 진수 형도 집으로 돌아올 수 있고, 그리고 학교로 되돌아갈 수도 있을 것이다.

"새들은 이 겨울에 어떻게 살까?"

오창수의 거칠고 덥수룩한 머리칼 사이로 개구쟁이 같은 웃음이 번져 나왔다.

"이 산에 열매가 많아요. 새들이 눈이 밝으면 열매를 찾아내겠지요."

"동무, 봄이 오면 이 산에도 참꽃이 흐드러지게 피겠지요?"

"당연하죠. 그때는 전쟁도 끝나고 나도 다시 학교에 가서 동무들과 어울려 지내고 싶어요."

진규는 오창수의 소망에 덧붙여 자기 소원을 말했다. 그러고는 엉덩이에 묻은 눈을 털며 일어났다.

"금방 어두워질 거니까 산을 내려가야겠어요."

진규가 지게를 지고 일어나려고 하자 오창수도 뒤에서 일어나기 편하게 지게를 받쳐주었다.

　"내일 또 봐요."

　진규는 대답 대신에 손을 번쩍 들어 화답을 했다. 마을까지 오창수와 함께 내려오는 걸 다른 사람들이 볼까 봐 부담스러워 산자락에서 손을 흔들었다.

　진규는 집으로 들어가는 길목에 들어서다가 왁자지껄한 소리에 걸음을 멈추었다.

　'무슨 일이지?'

　집 대문 앞에 인민군 둘이 서 있었다. 직감으로 집에 무슨 일이 벌어진 것 같아 가슴이 벌렁벌렁했다. 인민군 둘이 진규를 힐끗 보고는 고개를 돌렸다. 진규는 허겁지겁 걷느라 지게에 얹혀 있던 땔나무가 떨어지는 것도 아랑곳하지 않고 부리나케 집으로 들어갔다.

　인민군 대여섯 명이 서 있고 그 맞은편에 아버지가 보였다. 우사 앞에서 서로 날을 세우고 맞서 있는 장면이 심상찮았다.

　"이 소는 우리 집 재산이구먼. 이걸 가지고 가면 우리 식구들은 뭐로 농사를 짓고 산단 말인가요? 암소라서 새끼도 가져야 하는데……."

　울음 섞인 아버지의 목소리가 진규의 귓속을 송곳처럼 파고들었다. 진규는 순간, 머릿속에 회오리바람이 횅횅 돌았다.

　"아버지, 우리 소를 어쩐다는 건가요?"

　진규는 아직도 상황 판단이 확실하지 않아서 아버지에게 확인을 했다.

"우리 소를 데리고 가겠다는 거야. 이 일을 어쩌냐! 이 일을 어쩌냐! 아이고, 세상에 웬 날벼락이야!"

아버지는 소를 빼앗으러 온 인민군이 아니라 진규를 보고 애원을 했다. 어깨에 총을 멘 인민군들은 아버지의 애원에도 조금도 물러설 기미가 보이지 않았다.

"소는 안 돼요! 우리 식구들은 어떡하라는 건가요?"

진규는 지게를 마당에 내팽개치고 우사 앞에서 두 팔을 활짝 벌리고는 소를 가져가지 못하게 막는 시늉을 했다.

"우리가 그냥 가져가겠다는 게 아니야. 돈을 주고 사겠다는 거야. 이 돈을 가지고 있으면 인민공화국에서 대가를 지불할 것이야."

인민군은 빨간 종이돈을 내밀었다. 처음 보는 인민군 돈을 보고 아버지는 반신반의하는 표정을 지었다. 진규 역시 그 돈이 소 값이 될지 의심이 들었다. 괜히 쓸모없는 종이돈을 내밀면서 금쪽같은 남의 소를 빼앗아가려는 속셈으로만 보였다. 진규는 인민군들을 막아낼 방법이 없다 하더라도 끝까지 소를 지켜내야만 했다.

"우리 소는 절대 안 돼요!"

진규는 절규를 했다. 그러자 인민군들의 표정이 칼바람보다 더 냉랭했다.

"저리 비켜. 우리도 곧 떠날 거야."

인민군들이 진규를 옆으로 밀쳐냈다. 그러고는 우사에 있는 소를 여러 명이 달려들어 끌고 나갔다. 졸지에 우사가 텅 비어 버리자 진규는 가슴이 뻥 뚫려버린 것 같았다.

"안 돼요! 안 돼요!"

진규가 뒤쫓아 가려고 하자 아버지가 붙잡았다.

"진규야, 그냥 둬라. 네가 끌려가면 어쩌려고……."

아버지가 금세 포기를 하듯 쭈그리고 앉아서 고개를 떨구었다. 진규는 자신이 집에 오지 않았다면 아버지가 소를 끝까지 지키려고 애쓸 건데, 아들을 지키려고 포기한다는 걸 깨달았다.

"아버지, 이제 우린 어떡해요? 소가 없으면 농사도 못 짓고, 학교도 다니지 못할 건데……."

진규는 하늘이 무너져 내리는 절망감에 빠졌다. 어느새 하늘은 검은빛으로 물들어가고, 하늘보다 더 짙은 어둠이 진규의 가슴을 짓눌렀다.

"넌 여기서 꾸물대지 말고 빨리 곡계굴로 들어가. 식구들 꼼짝도 못 하게 잘 지켜야 해. 뭔 일이 일어날지 모르겠어."

아버지가 벌떡 일어나서 진규 등을 떠밀었다. 진규는 땔나무라도 정리해두고 가고 싶었지만, 아버지가 무엇을 불안해하는지 짐작하기 때문에 곧장 곡계굴로 달렸다.

3. 잠들지 못한 날들

곡계굴은 불온한 기운이 휘몰아쳤다. 인민군들이 진규네 소를 잡아갔다는 소문이 삽시간에 퍼지면서 전쟁의 공포가 한층 무겁게 다가왔다.

"우리도 다 빼앗기는 거 아냐?"

사람들은 가난한 살림살이에 곡식 한 톨이라도 빼앗길까 봐서 불안해했다.

"그 집은 어쩌냐?"

마을 사람들은 내 일처럼 걱정스러운 얼굴로 물었다.

"세상에! 숭악한 놈들이 우리 소를 뺏어가면 어쩌냐. 이런 놈의 징글징글한 전쟁이 어디 있어."

어머니가 분함을 참지 못하고 눈물을 흘리며 한탄을 쏟아냈다.

"에휴, 소 주인도 먹지 못한 소고기를 지들이 먹겠다고."

큰어머니가 옆에서 어머니의 한탄을 거들었다. 그러자 어머니의 한탄이 계속 이어졌다.

"다들 죽으라는 말이겠지. 사람 목숨만 뺏어간다고 죽이는 게 아니지."

진규는 목울대까지 울음이 치밀어 올랐지만 남 앞에서 눈물을 흘리는 나약한 모습은 보이기 싫어서 고개를 떨구었다. 어머니 한 숨으로 굴속이 갑갑하다 못해 숨이 막힐 지경이었다.

진규는 조용히 일어나 피난민들 사이를 헤집고 곡계굴 밖으로 나왔다. 1월의 매서운 눈바람이 가슴을 파고들어 꽉 막힌 숨통이 조금은 트였다.

'전쟁은 언제 끝나는 거야?'

진규는 갈수록 깊은 절망에 빠져들어 길이 보이지 않았다. 가만히 어두운 하늘을 바라보았다. 눈바람으로 가득 찬 하늘에 어디로 가면 길이 있을까 더듬었다. 그러나 새 한 마리 날지 않는 어두운 하늘에 상상으로 그려보아도 길이 보이지 않았다.

그러다가 문득, 아버지가 걱정이 되었다. 아버지는 지금 방에 계실까, 차디찬 방공호에서 웅크리고 계실까. 기침이 심한 아버지가 방공호에 들어가 계실까 봐 염려되었다.

진규는 아버지가 충고한 말씀을 생각하며 집으로 향했다. 멀지 않은 길이지만 가는 도중에 누군가가 총을 겨누고 있을지도 모른다는 불안감에 한숨을 돌릴 여유도 없었다. 몸보다 마음이 더 급하니까 눈길에 미끄러질 듯 걸음이 비틀거렸다.

"아버지! 아버지!"

진규는 사립문을 들어서자마자 숨을 헐떡거리면서 불렀다.

"왜 그려? 뭔 일이 또 있냐?"

진규는 아버지 목소리를 듣고 나서야 가쁜 숨을 깊게 내쉬었다. 방문을 열고 검은 덩어리가 쑥 나왔다.

"아버지 보러 왔어요."

진규는 다리에 힘이 풀려서 휘청거리며 검은 덩어리 옆에 앉았다. 아버지의 체취가 물씬 풍겨져 불안한 가슴을 잠재웠다.

"밤에 돌아다니지 마라. 거기는 어떠냐?"

"인민군들이 또 뭔 짓을 할지 몰라서 불안해요. 아버지, 소를 빼앗겨서 어떡해요?"

진규는 비어 있는 우사를 보면서 가슴 한구석이 저려왔다. 어미소와 송아지의 울음소리가 아직도 귀에 쟁쟁하게 여운이 남아 있었다.

"지금 소가 문제가 아니야. 사람 목숨이 먼저지. 자칫 잘못하다가는 다 죽게 생겼어."

아버지 한숨 소리에 하늘이 무너지는 듯했다.

"넌 싸돌아다니지 말라고 했는데 왜 밤중에 나다니는 거야. 얼른 가라."

"제가 집을 지킬 테니까 아버지가 가요. 밤에는 굴속이 더 나아요."

진규는 아버지를 곡계굴로 보내려고 했지만, 아버지는 손사래를 치며 얼른 가라고 다그쳤다. 저녁 무렵에 인민군들이 부린 횡포에 지레 겁을 먹고 몸을 사리는 눈치였다.

진규가 문밖을 나서는데 골목 저편에서 검은 덩어리가 불쑥 튀어나왔다.

"진규 동무! 진규 동무!"

진규는 오창수라는 걸 직감했다. 진규는 우뚝 멈춰 섰지만 대답은 하지 않았다. 목숨같이 소중하게 돌보는 소를 잡아먹겠다고 빼앗아간 인민군들을 생각하면 주먹이라도 한 대 날리고 싶은 마음이 불끈 치솟았다. 겨우 감정을 억누르면서 오창수가 무슨 말을 할까 기다렸다.

"진규 동무, 기분 많이 상했지요? 미안합니다."

"……."

"우린 이곳을 떠날 겁니다. 길을 떠나면 이 겨울에 굶주릴 수밖에 없어서 부득이 진규 동무네 소를 잡았다는데, 정말 미안합니다."

"그 소가 어떤 소인데……."

진규는 말끝을 흐렸다. 불현듯 전쟁터에 나간 진수 형의 얼굴이 떠올랐다. 형은 어느 전장에서 이 눈보라 치는 한겨울의 추위와 굶주림에 살아 있기나 한지…….

진규는 사람에 대해서, 세상에 대해서 미움으로 덧칠해가는 마음을 털어버리려 형을 떠올렸다. 형을 생각하면 저절로 가슴이 아리고 막연한 불안감에 몸이 떨렸다.

"소가 진규 동무나 식구들한테 얼마나 소중한지 농민의 자식인 저도 잘 압니다. 진규 동무, 우리가 준 돈을 잘 간직하고 있다가 나중에 보상을 받아요."

진규는 잠시 헷갈렸다. 통일이 되면 빨간 종이돈이 어떻게 쓸모가 있을지 모르지만, 지금 그 돈은 똥 친 막대기로도 쓸모가 없었다.

"통일이 될지…… 누가 이길지…… 그걸 누가 알아요. 전쟁이나 빨리 끝났으면 좋겠는데……."

진규는 퉁명스럽게 혼잣말로 중얼거렸다. 그러자 오창수는 갑작스레 진규의 손을 덥석 잡고 헛기침을 하며 목청을 가다듬었다. 무언가 중요한 말을 전할 기세였다.

"진규 동무, 내 말 꼭 명심해야 돼요. 절대 곡계굴로 들어가면 안 됩니다."

"왜요? 곡계굴에는 피난민들이 벌써 들어가 있는데……."

진규는 진지하게 얘기하는 오창수의 목소리에 지레 주눅이 들었다.

"전투기에서 내려다보면 곡계굴 가는 눈길이 발자국으로 다져진 게 다 보입니다. 표적이 될 수 있으니까 위험해요."

진규는 오창수가 별걱정을 다 한다는 생각에 대수롭지 않게 여겼다. 그런 줄도 모르고 잠시라도 가슴을 졸이고 귀를 쫑긋 세운 게 어처구니가 없어서 한쪽 귀로 흘려보냈다.

"작년 여름에 미군들이 인민들을 노근리 굴속에 몰아넣고 몰살시켰어요."

오창수가 재차 목소리에 힘을 주어 강조를 했다. 그래도 진규가 아무런 말도 하지 않고 겨울나무처럼 온몸을 떨면서 가만히 서 있으니까 오창수도 머쓱한 듯 손을 놓았다.

"이 전쟁이 끝나고 통일이 되면 꼭 만나고 싶어요. 진규 동무, 만나서 반가웠습니다."

"식구들이 기다리는 고향으로 꼭 돌아가요. 통일이 되면 놀러 오고요."

진규는 작별 인사를 하고 곡계굴로 냅다 달렸다. 인민군들이 드디어 마을을 떠난다니, 손톱 밑에 가시가 빠진 듯 시원했다. 그래도 마음 한구석에서는 몇 번 안면을 트고 얘기를 나누었다고 오창수와 헤어지는 건 조금 아쉬움으로 남았다. 전쟁으로 적군이 아닌 좋은 시절에 만났더라면 동갑내기로 정을 나누는 동무가 되었을 수도 있는데…… 스산하고 텅 빈 가슴에 소금을 뿌리듯이 눈바람이 세차게 몰아쳤다.

진규는 온몸에 달려드는 전쟁의 공포를 뿌리치듯이 눈바람을 헤치며 곡계굴로 달려갔다. 호롱불이 희미하게 흐르는 곡계굴은 어느덧 어둠보다 더 깊은 적막감에 빠져 있었다. 이 고즈넉한 적막감이 바깥 공기보다 더 공포로 다가와서 진규는 일부러 어깨를 펴고 걸었다.

식구들이 머무는 동굴 안쪽으로 가는 길에 아는 얼굴을 보면 '인민군들이 마을에서 나간대요.' 하면서 큰 소리를 질렀다.

"정말이여? 정말 인민군들이 나가는 거야?"

"누가 그래?"

사람들은 반가운 듯 되물었다.

"나간다니까 나가겠죠."

진규는 퉁명스럽게 대꾸했다. 누구한테 들었느냐고 꼬치꼬치 따져 물으면 인민군과 내통을 했다고 오해를 받을까 봐서 서둘러 걸음을 재촉했다.

"진규야, 진규야."

어머니 목소리가 정겹게 들려왔다. 어머니는 자식들 그림자만

봐도 알아본다고 했다.

"어머니, 인민군들이 마을을 떠난대요. 이제 마음 놓고 마을을 돌아다닐 수 있어요."

진규는 식구들 얼굴을 보자 와락 반가웠다. 곡계굴과 집과의 거리는 불과 삼백 미터 남짓한 거리였지만, 마치 다른 세계처럼 먼 거리로 느껴졌던 것이다.

"형아, 인민군들이 나가면 전쟁도 끝나는 거야?"

"그럼. 전쟁도 곧 끝날 거고 학교에도 갈 수 있어."

진규는 어린 동생들을 안심시키고 싶었다. 그리고 그것은 자신의 간절한 바람이기도 했다. 이때 진규는 얼굴이 보이지 않는 분희가 이불을 뒤집어쓰고 누워서 노래를 부르는 걸 들었다.

'보일 듯이 보일 듯이 보이지 않는…… 따옥따옥 따옥 소리 처량한 소리……'

분희의 노랫소리가 실낱같이 가냘프게 떨려서 동굴 분위기를 더 슬프게 자아냈다. 다른 사람들 마음까지 싱숭생숭하게 부추기고 있었던 것이다.

"분희야, 다른 사람들 자게 노래 부르지 마."

진규는 분희가 덮고 있는 이불을 토닥거렸다. 그러자 분희는 노래를 멈추고는 숨소리를 깊게 내쉬었다. 한동안 끊어졌던 노랫소리가 속삭이듯 아주 작게 들려왔다. 진규는 더는 말리지 못했다. 분희가 힘겨운 지금 이 순간을 노래로 달래고 있는 걸 알기 때문이다. 전쟁은 살아 있는 모든 생명들에게 고통이고 불행이었다.

"아버지는 어때? 방에 있어? 방공호에 있어?"

어머니는 인민군 소식보다도 아버지 소식이 더 궁금한가 보다.

"방에 계셔요."

"그려. 인민군들이 마을에서 나간다니까 천만다행이구나. 우리 마을도 좀 평안해질 모양이여. 떠나면 곱게 떠날 것이지 왜 남의 소는 가져간 거야. 어휴, 내가 생각할수록 분해서……."

어머니는 그제야 마음이 놓이는지 목소리가 차분하게 가라앉았다. 그러면서도 인민군들에게 빼앗긴 소가 아깝고 원통한지 '썩을 놈들.'이라며 계속 중얼거렸다.

"인민군이 곡계굴에는 들어가지 말라고 하던데요. 하늘에서 내려다보면 사람들이 곡계굴로 가는 발자국이 다 보여서 위험하다네요."

진규는 오창수가 한 말이 마음에 걸려서 어머니에게 말했다. 인민군들이 마을을 떠나고 나면 식구들과 함께 집으로 돌아가야 하는지 슬며시 떠보았던 것이다.

"별소릴 다 하는구나. 세상이 온통 하얀데 하늘에서 날아다니는 쌕쌕이가 어떻게 사람 발자국을 알아본다고 그래. 쓸데없는 소리 듣지 말고 추우니까 일찍 자."

어머니는 콧방귀도 뀌지 않았다. 진규는 괜한 소리를 해서 어머니 마음을 더 스산하게 만든 것 같아 죄스러웠다. 이럴 때일수록 말조심 행동 조심하라는 아버지 말씀이 떠올랐다.

진규는 차디찬 멍석 위에 누웠지만 쉬이 잠들지 못했다. 땅속 저 깊숙한 곳에서 찬기가 몸속 뼈마디까지 스며들어 저절로 떨렸다.

마음이 복잡했다. 실타래 엉킨 것처럼 풀기 어려운 현실에 마냥 고개만 숙이고 있는 자신이 더 절망스러웠다.

"어머니, 차라리 피난을 떠나면 어때요?"

진규는 뭐라도 행동으로 옮기고 싶었다.

"뭔 소리야? 네 형이 돌아오지 않았는데 뭔 피난을 간다는 거야? 우리한테 이 곡계굴이 있는데, 이보다 더 안전한 데가 어디 있다고."

"……."

"네 동생들 들으면 괜스레 엉덩이가 들썩거릴 테니까 다시는 입밖에도 꺼내지 마라."

어머니는 막내를 품에 꼭 안고서 이불을 뒤집어썼다.

곳곳에 켜져 있던 호롱불도 하나둘씩 꺼져 가고, 시나브로 어느덧 동굴은 어둠으로 가득 찼다. 그러자 동굴 천장에서 물방울 떨어지는 소리가 유난히 크게 울려 퍼졌다. 전쟁이 터지기 전에 이 동굴은 박쥐들의 보금자리였다. 수수밭에서 해 질 녘까지 일을 하다가 보면 박쥐들이 떼를 지어 동굴 쪽으로 드나들었다.

'그 박쥐들은 어디로 갔을까?'

피난민들이 박쥐들의 보금자리를 차지하는 바람에 박쥐들도 자취를 감추었다. 진규는 불현듯 이 추운 겨울에 박쥐들은 어디에서 둥지를 틀고 있을까 궁금했다. 하늘에서는 전투기가 날아다니고, 땅에서는 총을 쏘고 있는데, 목숨 부지하기 힘겹기는 사람이나 짐승이나 매한가지일 텐데.

진규는 이불 속으로 들어가 새우처럼 몸을 동그맣게 잔뜩 움츠렸다. 그렇게라도 하면 조금이라도 찬기를 줄일 수 있을 것 같았다. 다른 잡념이 스며들지 못하게 자신만의 세계를 만들어 장밋빛 미래를 상상했다.

'농고를 졸업하면 아버지, 어머니 바람대로 면사무소 서기가 될까? 은행에 취직하면 더 나을까? 서울에 있는 대학에 들어가면 더없이 좋을 거지만, 중학교도 제대로 다니지 못한 진수 형을 생각하면 염치가 없고……'

진규는 순경이나 군인이 되어도 좋을 것 같았다. 그러면 끗발 날리면서 세상 무서울 것 없이 폼 잡고 다닐 것이다. 아버지, 어머니, 다른 식구들도 어디 가서 꿀릴 것 없이 자랑스럽게 여길 텐데. 그러면 지금 이 고통과 상실감을 보상받을 수도 있을 것이다.

가난한 부모님과 형제들을 생각하면 어떻게든 출세를 해야 한다는 생각에 나약해지고 흐트러진 마음을 다잡고 또 다잡았다.

문득 눈을 떴을 때는 주위가 산만했다.

'무슨 일이 일어난 걸까?'

사람들이 웅성거리면서 얘기를 나누고 있었다. 진배는 아직도 가는 코를 골면서 이불을 뒤집어쓴 채 꼼짝도 하지 않았다. 분이는 큰댁 식구들 둥지에 끼여서 어깨를 잔뜩 웅크린 채 고개를 빳빳이 들고 큰아버지 얼굴을 빤히 쳐다보고 있었다.

진규는 부스스 일어나서 멍하니 앉아 있었다.

"진규 깼냐? 안 추웠냐?"

큰아버지가 먼저 아는 체를 했다.

"괜찮아요. 큰아버지도 밤새 안녕하셨어요?"

"그려. 모두 다 고생이 많어. 허허."

큰아버지는 태평스럽게 일부러 큰 소리로 웃음을 터뜨렸다. 웬만큼 급한 일이 있어도 늘 여유를 부리는 큰아버지는 동굴 속에 피난을 와서도 느긋함을 잃지 않았다. 진규는 그런 큰아버지의 여유를 보면서 조금은 마음이 놓였다.

"분이야, 어머니는?"

"아침밥 하러 집에 갔어."

진규는 자리를 털고 일어나 동굴을 빠져나왔다. 간밤에 아버지가 무사히 지냈는지 걱정이 되었던 것이다.

곡계굴 가까이 있는 빈 밭에서는 곳곳에 불을 피워 음식을 익히고 있었다. 마을 토박이들은 밥을 지을 때 집으로 가는데, 피난민들은 굴 밖에 돌무더기를 쌓아서 대충 아궁이를 만들어 음식을 익혔던 것이다.

엊저녁부터 내린 눈이 이른 새벽에도 여전히 하늘을 희뿌옇게 가렸다. 한 치 앞도 내다볼 수 없는 현실만큼이나 하늘도 땅도 흐려져 있었다.

집으로 가는 길에 곳곳에 초가지붕 위로 연기가 피어올랐다. 밥 짓는 냄새, 된장찌개 냄새가 솔솔 피어올라 뱃속에서 저절로 꼬르륵 소리가 났다.

하룻밤 집을 나와 잠을 잤다고 마치 타향에 나갔다가 고향집에 돌아가는 기분이 들었다.

어머니가 부엌에서 밥을 짓고 있었다.

"어머니, 아버지는 일어나셨어요?"

"밤에 추웠지? 네 형은 이 추운 겨울에 어디서 고생을 하는지,

밥이나 굶지 않는지 걱정이구나.”

어머니는 진규가 묻는 말에는 대답하지 않고 혼잣말로 넋두리를 했다. 밥을 지을 때마다, 식구들과 밥을 먹을 때마다 늘 어머니 머릿속에는 전쟁터에 나간 형 걱정뿐이었다. 간혹 그런 어머니한테 섭섭한 마음도 들었다. 어머니의 사랑은 오로지 큰형뿐인 것 같아서 진규는 소외된 기분이 들었던 것이다. 어머니 한숨 앞에서 고구마 하나도 목구멍으로 넘기기가 힘겨웠다.

진규는 부엌문을 닫고 안방으로 들어갔다.

“아버지, 안녕히 주무셨어요?”

“그려. 간밤에 별일 없었지?”

“예. 근데 인민군들이 마을을 곧 떠날 거라네요.”

진규는 기쁜 소식을 아버지에게 알려주고 싶어 자랑스럽게 말했다.

“남쪽으로 간대, 북쪽으로 간대?”

“모르겠어요.”

“어디로 가든지 간에 마을에서 나간다니까 천만다행이지 뭐야. 큭큭.”

아버지의 밭은기침 소리에 진규는 가슴이 답답했다. 좀처럼 나을 기미가 없는 아버지의 천식은 겨울이 닥치면서 오히려 증상이 더 심해졌다.

“언제 나간대?”

아버지는 묻기만 하고 진규가 대답도 하기 전에 서둘러 방을 나섰다.

"찬바람 쐬지 마세요."

아버지는 들은 척도 하지 않고 사립문을 나섰다. 세상이 아무리 어수선해도 아버지는 아침저녁으로 마을 한 바퀴를 돌아보는 게 습관이었다. 누가 마을을 떼메고 가냐고 어머니가 잔소리를 해도 귓등으로 흘러 넘겼다. 원래 어머니 말을 무시하는 아버지에게는 잔소리로밖에 들리지 않는 모양이다. 그런데도 아버지는 진규가 밖으로 나가는 걸 몹시 꺼렸다. 혹여 국군이나 인민군에게 강제로 잡혀서 전쟁터에 나갈까 봐 마음을 졸였던 것이다.

한참 후에 돌아온 아버지는 얼굴이 달떠 있었다. 눈보라 속을 돌아다니느라 얼굴이 붉어진 걸까.

"인민군들이 마을을 나갔다네! 사람들 말로는 언제 떠났는지 쥐도 새도 모르게 나갔다는 거야!"

아버지는 반가운 소식을 전하느라 숨이 가빴다.

"정말이에요? 아이고, 세상에 모든 일은 다 끝이 있는 거라더니……."

어머니가 부엌문을 열고 맞장구를 쳤다. 진규는 인민군들이 생각보다 빨리 마을을 떠나서 머리 위에 큰 짐을 벗어던진 것 같이 가뿐했다. 이때 비어 있는 우사가 눈에 들어왔다. 진규는 날마다 여물을 주며 보살폈던 소를 떠올리자 마치 살붙이를 잃어버린 것처럼 눈이 아팠다.

밖으로 나왔다. 눈으로 직접 확인해보고 싶었다. 인민군들이 머물렀던 집으로 발길을 돌렸다. 어제와 다름없는 마을 풍경이었지만 인민군들이 사라진 마을은 한결 평화롭게 느껴졌다. 오창수와 만났던 일이 마치 먼 옛날처럼 아득하게 여겨졌다.

진규는 집으로 돌아와 아버지에게 넌지시 떠보았다.

"이제 곡계굴에 가지 않아도 되잖아요?"

아버지는 한동안 생각에 잠기는 듯 눈을 감고 있다가 이윽고 입을 뗐다.

"인민군들만 위험한 게 아냐. 전쟁 통에는 총을 든 사람들은 다 위험한 인물이구먼. 전쟁이 끝날 때까지는 늘 몸조심해라."

진규는 인민군들만 물러가면 전쟁이 곧 끝날지도 모른다는 막연한 희망을 가졌다. 그런데 인민군들이 물러가도 부모님 걱정은 덜어지지 않았다.

"이젠 제가 집을 지킬 테니까 아버지가 곡계굴에 들어가 계셔요. 큰아버지 댁도 굴에 있으니까 말동무도 하고 좋잖아요."

진규는 아버지를 곡계굴에 보내고 자신이 집을 지켜야겠다고 마음먹었다. 그러나 아버지 생각은 단호했다.

"누가 집을 뒤지고 다닐지 모르니까 내가 집을 비우면 안 되는 거야."

"제가 잘 지킬게요."

"아냐. 전쟁 끝날 때까지는 조심 또 조심해야 돼."

"알았어요."

진규는 지레 겁먹고 소심해진 아버지를 보며 씁쓰레했다.

그래도 인민군들이 물러간 아침은 새로운 날의 시작이었다. 모처럼 어머니가 아침 식사로 보리밥에 된장찌개를 끓였다.

분희와 진배가 왔다.

"큰아버지가 우리 짐을 봐준다고 집에 가랬어요. 인민군들이 다 나갔대요."

"그려, 그려."

동생들이 신나 하니까 아버지가 웃음을 지었다. 오랜만에 편한 마음으로 식구들이 밥상에 둘러앉았다. 다른 날보다 된장찌개 냄새가 더 구수하게 방을 가득 메웠다.

"아버지, 나는 굴에서 다른 애들이랑 놀 거예요."

진배는 굴속에서 추위를 견디며 새우잠을 자면서도 즐거운 듯했다.

"어머니, 난 모르는 사람들이랑 같이 자는 게 싫어."

분희는 유독 굴속에 있는 걸 싫어했다. 그래도 어머니가 옆구리를 쿡 찌르면서 가만히 있으라고 눈짓을 하자 입을 삐쭉거리면서도 더 이상 대꾸하지 않았다. 진규는 그 모습을 보면서 마음이 착잡했다. 아직 낯선 사람들이 마을을 돌아다니고, 바깥세상은 전쟁 중인데 마음을 놓을 수는 없었다.

"분희야, 조금만 참아. 전쟁이 곧 끝날 거야."

진규는 부모님을 대신해서 분희 마음을 달랬다. 그러자 아버지와 어머니는 구들장이 꺼져라 한숨을 쉬었다. 잠깐의 평화로운 밥상 앞에서도 전쟁터에 나간 진수 형이 늘 가슴에서 걱정으로 응어리져 있다는 의미였다.

인민군들이 떠난 자리에 대낮에도 전투기가 날아다녔다. 유난히 낮게 나는 전투기 소리에 귀청이 찢어질 듯하고, 지붕이 들썩거릴 정도였다.

"저놈의 쌕쌕이는 밤낮도 없는 거야."

어머니가 혼잣말로 구시렁거렸다. 그러고는 일어나 툇마루에 걸터앉았다. 날이 잔뜩 추운데도 가슴이 답답하다면서 툇마루에 멀거니 앉아 있었다.

"다들 돌아다니지 말고 굴속에 들어가 있어."

밥상을 물리고서 식구들이 하릴없이 왔다 갔다 하자, 아버지가 다그쳤다.

"배 꺼지니까 망아지처럼 뛰지 말고."

어머니는 분희와 진배가 사립문을 들락거리면 똑같은 잔소리를 지치지도 않고 해댔다. 그래도 두 녀석은 귓등으로 듣는 둥 마는 둥 찬바람을 일으키며 돌아다녔다.

4. 겨울밤은 깊어만 가고

진규는 쉬이 잠들지 못했다. 인민군들이 떠나고 조금이나마 가졌던 여유도 밤이 깊을수록 시나브로 불안감으로 바뀌어갔다. 동굴 천장에서 떨어지는 물방울 소리는 밤이 깊을수록 여운이 이어지면서 더 크게 울려 퍼졌다. 그 틈을 비집고 사람들의 숨소리가 불협화음을 이루며 동굴은 아직 잠들지 못했다.

진규는 조용히 일어나 식구들의 모습을 살펴보았다. 입을 반쯤 벌리고 코를 심하게 고는 어머니의 고단한 모습이 마음을 아프게 했다. 진배는 엄마 품에 폭 안겨서 새근거렸다. 분희는 이불을 뒤집어쓴 채 숨소리처럼 노래를 부르다가 언제 잠들었는지 조용했다.

진규는 식구들이 깨지 않게 조심스럽게 일어나서 동굴 밖으로 향했다. 여기저기 피난 보따리처럼 널브러져 자고 있는 사람들을 발로 밟지 않게 조심스럽게 한 발자국씩 내디뎠다. 아직 잠들지 못한 사람들이 진규가 걸어가는 길에 잠자리를 뒤척였다. 간혹 이불이나 두꺼운 솜옷을 목까지 올리고 얼굴을 내놓은 사람도 있지만, 대부분 찬기를 피하려고 머리끝까지 폭 뒤집어썼다. 그러니 어두침침한 곳에서 바라보면 동굴 무덤이 만들어진 것 같아 등골이 오싹했다.

달빛 한 점 들어오지 않는 동굴이지만 어둠을 두려워한 몇몇 사람들이 그나마 호롱불을 켜놓았다. 간혹 잠들지 못한 사람들은 추위를 조금이라도 견뎌내려고 나뭇가지를 모아 불을 지피기도 했다. 희미하게 흐르는 불빛을 길잡이 삼아 사람들 사이를 헤집고 나왔다.

며칠 동안 계속 내린 눈으로 다져진 길이 빙판처럼 미끄러웠지만, 진규의 마음은 조금 가벼웠다. 일부러 미끄럼을 타거나 숲을 향해 휘파람도 불었다.

그런데 길 건너편에 무언가 검은 덩어리가 서 있었다. 무엇일까. 진규는 걸음을 멈추고는 고개를 쭉 빼고 살펴보았다. 길 한복판에 바위덩어리가 있을 리도 없고, 키가 낮은 게 사람은 아닌 듯했다. 조심스럽게 다가가니까 그제야 뒷걸음질 치는 게 늑대였다.

"저 녀석은 왜 또 나타나는 거야!"

진규는 가슴을 쓸어내렸다. 혼자서 괜히 놀랐다는 생각에 쓴웃음이 나왔다. 이번엔 먼저 물러나지 않겠다고 일부러 눈자위에 힘을 주고 쏘아보았다. 짐승은 상대가 약해 보이면 먹잇감인 줄 알고 덤벼드는 게 본성이다. 상대가 자기보다 강해 보인다면 목숨이 위험한 줄 알고 부리나케 도망치기 바쁠 것이다.

진규는 맞장 뜨는 기분으로 허리에 손을 얹고는 천천히 한 발자국씩 떼며 앞으로 걸어갔다. 그러자 뒷걸음질 치던 늑대는 눈이 쌓인 밭으로 슬금슬금 물러나다가 어느새 저만치 뛰어갔다. 왠지 기운이 없어 보였다. 이번엔 늑대가 먼저 물러났는데도 기분이 좋지 않았다. 이 추운 겨울에 눈이 쌓인 산과 들판에서 무엇을 구할 수 있을까.

진규는 한달음에 집으로 달려왔다. 아버지가 사립문에 받쳐놓은 작대기를 치우느라 깨금발을 딛고 문 안쪽으로 손을 뻗쳤다. 작대기가 손등에 걸려 넘어지면서 파열음을 일으켰다. 그러자 아버지 밭은기침 소리가 났다.

"누구냐? 누구냐?"

아직 잠들지 못한 걸까. 아니면 깊은 잠을 못 자서 쥐새끼 부스럭대는 소리에도 놀라는 것 같았다.

"아버지, 저예요."

"잠 안 자고 뭔 일이야?"

진규는 대답 대신 문을 열고 집으로 들어갔다. 아버지가 방문을 열고 먼저 내다보았다.

"아버지 혼자 계시는 게 마음에 걸려서 왔어요. 잠도 안 오고……"

진규는 방으로 성큼 들어갔다. 그래도 방이라고 따스한 기운이 온몸을 감쌌다. 진규는 눈을 감았다. 움츠러들었던 몸이 풀리면서 마음도 아늑했다. 순간, 행복이 이런 거구나 하는 생각이 들었다. 전쟁이 끝나면 평화도 찾아올 것이다.

"굴속은 많이 춥지? 짐승도 아니고, 이 겨울에……"

"찬바람이 불지는 않아도 따뜻한 아랫목이 없으니까 그렇죠. 견딜 만해요."

"몸보다 가슴 시린 게 더 춥지."

아버지 말에 진규는 대꾸할 말이 마땅찮았다.

"넌 왜 한밤중에 나오고 그러냐?"

"인민군들도 물러갔잖아요."

"인민군들이 물러갔다고 아직 전쟁이 끝난 거 아냐."

아버지는 늘 조심하고 또 조심하는 듯했다.

"너무 걱정 말아요. 제가 뭐 어린앤가요."

"어이구, 이놈의 전쟁이 없었다면 우리 집안의 자랑거리가 될 거였는데……. 도대체 누가 심통을 부리는 거야. 누가 심통을 부려서 금쪽같은 우리 장남을 전쟁터로 끌고 가고, 잘난 우리 차남 공부도 못 하게 하는 거야. 썩을 놈의 세상!"

아버지와 어머니는 세상이 원망스럽거나 현실이 불안하고 힘들 때는 늘, '썩을 놈의 세상!'을 내뱉었다. 세상이 썩었으니까 전쟁이 일어나고, 사람이 사람을 죽이고, 일상의 삶이 다 부서져버리는 게 아닌가. 더군다나 여태껏 듣지도 보지도 못한 코 큰 서양인들이 바다 건너 먼 나라에서 들어오고, 중공군들도 몰려오고, 전 세계에 있는 군인들이 다 몰려와 미친 듯이 총질을 해대는 것이다. 그러니 농사만 짓던 부모님들은 세상이 망할 징조라며 한탄을 했다.

그래도 아들과 함께 있는 게 좋은지 군불을 지피고 고구마를 삶았다. 그동안 아껴서 먹던 고구마를 큰댁 식구들과 끼니로 먹을 거라며 두 바가지 쪘다. 전쟁 중에는 농사일도 마음 편하게 지을 수 없고, 언제 피난을 떠나야 할지 모르니까 최소한 배곯지 않을 정도로 끼니를 이어갔다. 그것도 하루에 두 번씩만 먹을 수 있었다.

아버지는 찐 고구마를 보자기에 싸서 집을 나섰다.

"집 비우지 마라. 봄이 오면 학교에 갈 수 있을 테니까 공부 열심히 해."

아버지는 식구들과 큰댁 식구들에게 아침밥으로 고구마를 주고, 사람들과 어울려 얘기를 나누고 싶어 이른 새벽부터 서두르는 눈치였다. 아버지도 캄캄한 집에 혼자 있는 게 싫었던 것 같았다. 차라리 곡계굴에 들어가면 이웃들과 어울려 도란도란 얘기도 나누고, 먼 지방에서 온 피난민들에게 다른 세상 이야기도 들을 수 있을 텐데.

진규는 어머니가 집에 오면 밥 짓기 편하게 부엌에 널려 있는 땔나무를 정리해두고, 나뭇재를 퍼내서 감나무 주위에 뿌려두었다. 방에 들어가서 책을 펼쳤지만 도무지 읽히지가 않았다. 공부도 세상이 조용하고 마음이 편해야 머리에 쏙쏙 들어오는 모양이다.

진규는 책을 건성으로 들여다보며 딴생각을 좇고 있었다. 전쟁이 터지자 학생들은 각자 집으로 돌아갔다. 소식도 알지 못하는 반 동무들은 무엇을 하고 있을까. 전쟁터에 나간 동무들이 있을까. 전쟁이 터졌다는 소식에 반 아이들 모두 흥분하면서 두 주먹을 불끈 쥐었다. 한창 피 끓는 청춘들은 '이 두 주먹으로 조국을 지킬 거야!'라며 의욕에 불타올랐다. 그 이후에 어떻게 되었는지 진규는 알 수 없었다.

고향으로 돌아왔을 때는 또래 동무들이 대부분 보이지 않았다. 먼저 피난을 떠났거나, 진수 형 나이의 형들은 전쟁터에 나가거나 행방이 묘연했다. 이웃끼리 식구들 중에 보이지 않는 사람들이 있어도 어디로 갔는지 묻지도 말하지도 않는 게 불문율이었다. 세상이 어지러울수록 침묵이 살아남는 방법이라고 여겼던 것이다.

오창수는 지금쯤 북으로 돌아가고 있을까. 아니면 중간에 전쟁을 만나 목숨이 붙어 있기나 한지…… . 오창수가 무사히 식구들이 기다리는 고향으로 돌아갔으면 좋겠다는 바람이 들었다.

진수 형이 돌아오고, 전쟁도 끝나고, 학교로 돌아갈 수 있는 날이 하루빨리 돌아오면 얼마나 좋을까. 그러면 식구들도 예전처럼 농사를 지으며 오순도순 정겹게 살 수 있을 텐데.

'반드시 그런 날이 돌아올 거야!'

진규는 마음속으로 간절하게 외쳤다. 며칠 만에 따뜻한 기운이 감도는 방에서 지내니까 스르르 잠이 들었다.

"형아, 뭐 해?"

"오빠, 공부하는 거야?"

분희와 진배가 문을 열면서 곤하게 자고 있는 진규를 깨웠다. 진규는 얼떨결에 눈을 떴지만 머리가 멍해서 일어날 수가 없었다. 온몸이 돌덩어리처럼 무거워서 스스로 몸을 일으킬 힘도 없었다. 며칠 동안 굴속에서 웅크리고 잠을 자다가 따뜻한 방에서 자고 나니까 몸이 이상 반응을 보였던 것이다.

진규는 가위 눌린 것처럼 가만히 있다가 이윽고 정신을 차렸다.

"고구마는 먹었어?"

진규는 두 동생을 번갈아 보면서 물었다.

"아버지가 가지고 온 거 큰집 식구들이랑 나눠 먹고 집에 왔어. 형아, 우리 눈사람 만들자."

진배가 진규 손을 잡아 이끌었다.

"정신 좀 차리고 나가든지 말든지 하자. 밖에 눈이 또 와?"

"응. 펑펑 쏟아져."

분희가 생긋이 웃으며 말했다. 오랜만에 분희의 깊게 파인 보조개가 예뻐 보였다. 진규는 손을 뻗어 분희의 보조개를 꼬집었다.

"밤에 춥지는 않았어? 기침 안 하는 게 용해."

추운 동굴에서 지내는데도 식구들은 감기에 걸리지 않았다. 얼마나 다행인지 몰랐다. 제대로 먹지도 못하고 추운 동굴에서 지내는데도 몸에서 저절로 에너지가 솟아나는 것 같았다.

"분희야, 넌 이런 상황에서도 노래가 나와?"

진규는 웃음이 나왔다.

"노래를 부르면 슬픔을 잊게 되거든. 그래서 노래 부르는 거야."

"많이 슬퍼?"

"응. 전쟁이 슬퍼."

아직 어린애인 줄 알았던 분희가 마치 세상의 풍파를 다 겪은 어른처럼 말하는 게 진규는 더 슬펐다. 한창 어리광을 부리며 동무들과 뛰어놀 열두 살의 분희가 온몸으로 전쟁을 겪고 있었던 것이다.

"인민군들도 떠났잖아. 조금만 참아. 참으면 곧 예전처럼 학교에 갈 수 있어."

진규는 자신의 소망을 동생들에게 심어주었다. 그러고는 창고를 뒤져서 작년 겨울에 진수 형과 함께 만들었던 썰매를 찾았다. 썰매가 거미줄과 먼지로 뒤덮여서 엉망이었다. 그 속에는 팽이와 가오리연도 뒤엉켜 있었다.

진규는 거미줄을 대충 떼어내고 먼지를 털어냈다. 진배가 뒤따라와서 기웃거리다가 팽이를 덥석 집어 들었다.

"어라, 이게 여기 있었네."

진배는 오래 보지 못한 동무를 만난 듯이 반가워했다. 그러고는 창고를 뒤져 한쪽에 처박혀 있는 팽이채를 찾아내고 뛸 듯이 기뻐했다.

"팽이 돌리면서 놀아야지."

눈사람을 만들자던 진배는 마당에 나가 눈이 다져진 빙판 위에서 팽이를 돌렸다.

"진배야, 조심해. 쌕쌕이가 언제 머리 위에 폭탄을 터뜨릴지 몰라."

진규는 신나게 노는 진배에게 일부러 겁을 주었다. 인민군들이 마을을 떠났는데도 밤낮없이 전투기가 날아다니고, 먼 곳에서 들려오는 폭탄 터지는 소리도 적잖이 거슬렸다.

진규가 대빗자루를 들고 마당에 눈을 쓸어 토담 쪽으로 치우고 있는데 낯선 사람들이 사립문에서 기웃거렸다. 문밖을 내다보니까 한 식구들인지 퀭한 눈을 슴벅이면서 진규를 멀뚱히 보았다. 한눈에도 피난민들이라는 걸 알아보았다. 진규는 달리 할 말이 없었다. 지금 집에 피난민들을 들일 수 있는 상황도 아니고, 그렇다고 냉정하게 다른 곳을 가보라고 말할 수도 없었다.

진규가 머뭇거리자 피난민들 중에 아버지인 듯한 사람이 입을 열었다.

"우리는 강원도에서 넘어왔습니다. 혹시 빈집이라도 있는지 돌아보고 있는 중입니다."

"마을 사람들도 저기 산 밑에 있는 굴속으로 피난을 갔어요."

"큰일이네. 남쪽으로 가는 길도 막았다는 소문이 자자하던데…… 어떡하지!"

피난민 식구들이 실망하는 표정을 노골적으로 드러냈다.

"곡계굴에 가면 피난민들이 많아요. 거기는 굴속이라서 별로 춥지도 않아요. 데려다줄까요?"

피난민 식구들이 서로 얼굴을 보면서 어떻게 할지 망설이는 눈치였다. 하긴 짐승도 아니고 굴속에 들어가서 지내려고 하니 선뜻마음이 내키지 않는 모양이다. 그렇더라도 이 추운 겨울에 다시 길을 걷기도 힘드니까 굴속으로 가자는 눈짓을 서로 보냈다.

"어디쯤 있습니까?"

"저를 따라오세요."

진규는 동생들에게 밖으로 나돌아 다니지 말라고 단단히 이르고는 피난민들을 곡계굴로 안내해 주었다. 가는 길에도 전투기가 낮게 날아다니는 바람에 길가로 걸었다. 전투기가 하늘을 날 때는 눈에 띄지 않게 길옆으로 숨어서 걸어가라고 어른들이 충고했지만, 땅은 어차피 흰 눈으로 덮여 있어서 쥐새끼 한 마리가 고물거려도 표가 났던 것이다.

"굴속에 들어가서 좋은 자리를 잡아요. 입구는 바람이 세지만 안쪽은 바람도 없고 샘물 웅덩이도 있어요."

진규는 친절하게 일러주고는 곧장 집으로 왔다. 그새를 못 참고 진배는 팽이를 갖고 사라져버렸다.

"넌 동생 안 보고 뭐 한 거야?"

진규는 괜히 분희에게 소리를 질렀다. 오늘따라 전투기가 낮게 날면서 마을을 공포로 몰아넣어 신경이 예민해져 있었다. 그런데 분희가 동생을 지키지 않고 방에서 노래책을 들고 한가하게 노래를 부르는 게 아닌가.

　"진배 찾아올 거니까 넌 나가지 마. 알았지?"

　"……."

　"오빠가 말하면 대답을 해야지 왜 말이 없어?"

　그래도 분희는 아무 대답도 하지 않았다. 제 딴에는 오빠의 매몰찬 말에 서운했던 모양이다.

　진규는 밖으로 나왔다. 전투기가 머리 위에서 맴도는 바람에 몸이 휘청거리고 다리가 후들거렸다. 밤낮으로 멀리서 들려오던 폭격 소리가 언제 머리 위에서 들릴지 몰랐다. 얼른 동생을 찾아서 굴속으로 보내야 마음이 놓일 것 같았다.

　"진규야, 피난 안 갔어?"

　귀에 익은 목소리에 진규는 화들짝 놀랐다. 피난을 떠났던 동갑내기 성식이었다.

　"왜 돌아왔어? 언제 왔어?"

　"어젯밤에 왔어. 저 아래로 가니까 국군과 미군이 탱크로 길을 막고 못 가게 해서 돌아왔어."

　"왜? 우리한테 인민군들이 몰려온다고 피난을 가라고 했잖아?"

　"작전 중이라서 피난민들과 인민군이 섞이면 방해가 된다는 거야. 며칠 동안 보내달라고 떼를 써도 소용없었어. 길에서 얼어 죽을 것 같아서 도로 돌아왔지."

"잘했어. 밖에 나가면 고생밖에 더 있겠어. 우리 식구들은 곡계굴로 들어갔어. 너도 곡계굴로 가."

"왜 사람들이 안 보이나 했더니 결국 곡계굴로 들어갔구나. 우리도 서둘러야겠다."

진규는 곡계굴에서 만나자고 약속하고 다시 진배를 찾으러 다녔다. 진배는 굴을 빠져나온 또래들이랑 그새 바짓가랑이가 젖도록 팽이를 치고 있었다.

"너희들은 쌕쌕이가 무섭지도 않냐? 집에 가든지 굴에 들어가든지 전투기 눈에는 띄지 말아야지."

진규는 아직 어린 녀석들이 함부로 돌아다니지 못하게 엄하게 꾸짖었다. 부드럽게 말하면 장난이라고 쉽게 생각하기 때문이다.

"울 할머니가 쌕쌕이보담 늑대가 더 무섭다고 그러던데."

"쌕쌕이가 우리 같은 아이들은 잡아가지는 않는데 늑대한테 잡히면 늑대 밥이 된대."

아이들한테 전투기는 그저 큰 새처럼 하늘을 날아다니는 신기한 구경거리였다. 어른들이 위험하다고 일러주어도 믿지 않는 눈치였다. 전투기가 날아다녀도 손을 흔들면서 토끼처럼 깡충깡충 뛰기도 하고 박수를 쳤던 것이다.

"진배야, 가자. 너희들도 빨리 집에 가."

진배는 더 놀고 싶어 고개를 가로저으며 떼를 썼다. 그래도 진규는 동생의 투정을 봐줄 상황이 아니라는 걸 알고는 손목을 잡아끌었다. 억지로 끌려가는 강아지마냥 진배는 손에 힘을 주고 버티려고 애썼다. 그렇더라도 형의 힘을 당해낼 도리가 없는지 '조금만 더 놀다 가면 안 돼?'라며 불쌍한 얼굴로 애원을 했다. 진규는 매몰차게 안 된다는 뜻을 전하고 진배가 도망치지 못하게 팔목을 움켜잡고 집으로 돌아왔다.

그새 어머니가 밥을 지으러 와서 부엌에서 불을 때고 있었다. 어머니는 무엇이 못마땅한지 혼잣말로 크게 말했다.

"에휴, 썩을 놈의 세상! 지 집 놔두고 이게 무슨 생고생이람. 도대체 누가 이런 몹쓸 전쟁을 벌인 거야!"

진규는 어머니 말씀에 문득, 한 나라였던 한반도가 왜 남과 북으로 갈라지면서 삼팔선이 생겨났는지 곰곰이 생각해 보았다. 결국 그 삼팔선은 비극의 전쟁이 일어난 동기가 되었으니까.

'동족 간에 전쟁이 왜 일어났을까?'

제2차 세계대전에서 패한 독일은 동서가 갈라졌다. 그러나 연합국에게 패한 일본 대신에 한반도가 남북으로 갈라져 분단국이 되어버렸다. 소련, 미국, 영국이 모스크바 3상회의에서 그들끼리 마음대로 정해버린 것이다. 광복으로 일본의 식민 지배에서 벗어났지만 강대국들의 횡포로 분단국이 된 비극을 맞이했다. 분단은 결국 내전으로 이어져서 한반도는 전쟁의 소용돌이 속에 처박혀 신음을 하고 있었다.

'남과 북이 손을 맞잡으면 얼마나 좋을까!'

지금이라도 동족 간의 전쟁을 멈추면 될 텐데. 그러면 광복으로 새 희망을 꿈꾸던 날로 돌아가서 다시 시작하면 될 텐데. 진규의 이런 바람과는 달리 세상은 점점 더 거친 소용돌이 속으로 들어가서 어디로 휩쓸려갈지 몰랐다. 당장 오늘 밤이 어떻게 될지, 내일은 무사히 목숨을 부지할 수나 있는지도 알지 못하는 게 아닌가.

'동족 간의 전쟁! 일어나지 말아야 할 일이 일어나서 온 백성이 불행의 늪에 빠져버린 것이다.'

어머니는 어둠이 내리기 전에 굴속으로 들어가야 한다면서 서둘러 고구마를 쪘다. 며칠 동안 굴속에서 지내다 보니까 그곳이 더 마음 편한 것 같았다. 그토록 들어가기 꺼려지던 곡계굴이 단 며칠 사이에 편한 보금자리로 여겨지니. 그새 적응이 되어버렸다.

"아버지 모시고 와."

진규는 밖으로 나왔다. 곡계굴로 가는 길에 사람들이 이른 저녁을 해먹겠다고 곡계굴에 있다가 집으로 가기도 하고, 된장 냄새를 풍기면서 음식을 굴로 나르기도 했다.

"밥은 먹었어?"

마을 어른이 먼저 말을 건넸다.

"아버지 모시러 갑니다. 할아버지는 진지 드셨어요?"

"지금 집에 가. 전쟁 끝날 때까지는 몸조심해라. 요즘 젊은이들만 보면 전쟁터로 붙잡아간다고 난리여."

"예."

진규는 꾸벅 절을 하고 걸음을 재촉했다. 눈이 쌓이고 쌓여서 다져진 길이 좀 전보다 더 미끄러워서 다리가 휘청거렸다. 굴속으로 들어가 아버지가 있는 데로 가는 길에 낮에 만났던 피난민들이 아는 척을 했다.

"우린 여기에 자리를 잡았어. 어디에 있나?"

늦게 피난을 온 탓에 찬바람을 온몸으로 맞는 입구와 가까운 곳에 있었다. 진규는 손가락으로 안쪽을 가리키고는 서둘러 걸었다.

아버지는 동네 어른들이랑 모여서 한창 이야기꽃을 피우고 있었다. 마치 사랑방에 모여서 담소를 나누는 분위기였다. 무엇이든 익숙해지면 마음도 편안해지는 모양이다.

"아버지, 어머니가 오시래요."

진규는 아버지가 잠시 이야기를 멈춘 틈을 타서 귀에 대고 말했다. 피난 중에 제대로 식사를 하지 못하는 사람들도 있어서 큰 소리로 말하기 민망스러웠던 것이다. 물론 진규네도 하루 두 끼 먹는 중에도 고구마나 보리, 수수밥, 옥수수로 때우기 일쑤였다.

"나중에 갈 테니까 너 먼저 저녁 먹고 와."

아버지는 사람들과 어울려 이야기를 나누는 게 즐거운지 일어날 생각이 없는 듯했다. 진규는 날이 갈수록 시무룩해져 있던 아버지가 모처럼 입가에 웃음을 지으며 사람들과 어울려 있는 걸 방해하고 싶지 않았다. 그래서 더는 대꾸도 하지 않고 식구들이 보금자리를 틀고 있는 잠자리를 살펴보러 갔다. 사람들이 많은 곳에서 짐이라도 흐트러져 있을까 봐 둘러보았다. 어머니가 가지런하게 물건을 챙겨놓아도 진배가 어질러놓기 일쑤였다.

진규는 정리되어 있는 짐을 다시 챙기고, 멍석 위에 떨어져 있는 지푸라기 조각이나 흙을 털어냈다. 식구들이 드러누울 자리를 정리해두고 밖으로 나왔다. 나오는 길에 보니 좀 전에 만났던 피난민 식구들이 벌써 서로의 몸을 감싸고 잠이 들어 있었다. 어쩌면 잠을 자는 게 추위도 배고픔도 고통도 불안도 잊을 수 있을 것이다. 굴속에는 밤이 더 빨리 찾아오는 게 차라리 다행이라는 생

각이 들었다. 오늘 밤은 아버지를 식구들과 함께 굴속에서 지내게
하고 싶었다.

식구들이 저녁을 먹고 다시 굴속으로 들어가려고 집을 나섰다.
진규는 문밖까지 나오다가 어머니를 붙잡았다.

"오늘 밤은 제가 집을 지킬게요."

"안 돼. 혼자 있다가 뭔 일이라도 닥치면 어쩌려고. 아버지가 올
거야."

어머니는 진규 손을 뿌리치면서 서둘러 걸음을 옮겼다.

"아버지가 사람들이랑 재미나게 얘기하고 계셔요. 그냥 노시게
두셔요."

"너 혼자 집에 있는 게 마음이 안 놓여서 그래."

어머니도 고집을 꺾지 않았다.

"아버지 식사 챙겨서 굴속에 들어가요."

"후유."

어머니가 한숨을 쉬었다. 다른 날과 달리 진규가 고집을 부리니
까 조금은 망설이는 눈치였다. 진규는 이런 어머니를 몰아세우듯
이 힘주어 자신의 뜻을 전했다.

"하루쯤은 어머니가 양보할 수 있잖아요."

"그려. 정 그렇다면 오늘 밤만 집을 지켜라. 대신 절대 밤에 호롱
불을 켜서는 안 된다."

"명심할게요."

어머니는 도로 집으로 들어가서 밥상에 차려놓은 아버지 저녁
을 주섬주섬 챙겨서 집을 떠났다. 분희와 진배가 '내일 봐.' 하면서

손을 흔들고 집을 나섰다. 멀지도 않은 곡계굴에 가면서 마치 먼 길을 떠나는 것처럼 작별 인사를 나누었다.

식구들이 굴속으로 들어가고 진규는 방이 아닌 방공호 속으로 들어갔다. 어머니가 방공호에 들어가서 자라고 누누이 일렀기 때문이다. 비록 어머니가 보지 못하지만 그 약속은 지키고 싶었다.

5. 불타는 마을

진규는 방공호에 들어갔다. 몸을 웅크리고 있으니까 점점 더 추웠다. 마음 같아서는 아궁이에 불을 피우고 따뜻한 아랫목에 이불을 푹 뒤집어쓴 채 누워 있고 싶었다. 그러나 전투기가 날아다녀 방에 들어갈 수가 없었다. 미군들이 불시에 집을 공격하는 사건이 다른 지방에서도 벌어졌다고 피난민들이 소식을 전해주었다.

그렇더라도 방공호는 너무 추워서 더는 견딜 수가 없었다. 진규는 추위를 견디지 못하고 방으로 돌아왔다. 전투기 나는 소리에 지붕이 떨리고 귀가 멍멍해지면 또 방공호로 갔다가, 방공호 속에서 조금 잠잠해지면 다시 방으로 돌아와 이불을 뒤집어썼다. 방과 방공호를 오가는 사이에 이윽고 새벽녘이 밝아왔다.

그제야 진규는 안도의 한숨을 쉬었다. 이래서 사람들이 만나면 '밤새 안녕하셨어요?' 하고 인사를 건네는구나. 첫마디의 의미를 실감할 수 있었다.

밤새 무슨 험악한 일을 당할지 모르는 시국이었던 것이다.

동굴 속에서 잘 때보다 몸이 천근이나 된 듯이 무거웠다. 눈을 떴지만 몸을 일으킬 수 없을 만큼 추위에 젖어 있었다. 그래도 밤새 무사한 걸 생각하면 얼마나 다행인지 몰랐다.

진규는 방으로 들어와 이불을 푹 뒤집어썼다. 마치 타향을 떠돌며 고생하다가 집으로 돌아온 편안함으로 잠에 곯아떨어졌다.

"진규야, 뭐 하냐?"

꿈속에서 어렴풋이 어머니 목소리를 들었다. 진규는 몸을 뒤척였다. 꿈인지 생시인지 모르게 아득하게 들려오는 어머니 목소리에도 얼른 눈을 뜰 수가 없었다.

찬바람이 들이닥치면서 자동으로 몸을 일으켰다.

"여기서 잤냐?"

"아뇨. 방공호에서 지내다가 아침에 추워서 들어왔어요."

어머니가 무슨 생각이 떠올랐는지 웃음을 지었다.

"왜 웃어요?"

"너희 아버지는 무슨 할 얘기가 많은지 큰아버지랑 밤새워 어릴 적 얘기하면서 웃고 난리야. 모처럼 기분 좋아 보여서 나는 그냥 잤어."

아버지가 기분 좋게 사람들이랑 어울리니까 어머니도 덩달아 기분이 좋아 보였다. 어머니는 보따리를 풀고 있었다.

"아이고, 굴속에서 며칠 지내다 보니까 다들 짐승 새끼처럼 뒹굴어서 먼지투성이야."

어머니는 눈이 내리는데도 빨래를 하겠다는 것이다. 진규는 보따리를 들고 부엌으로 들어갔다. 큰 대야에 옷가지를 쏟고는 아궁이에 불을 지폈다. 그냥 두면 찬물에 손이 얼어가면서 어머니가 빨래를 할 것 같았기 때문이다.

"불을 피워도 괜찮겠냐?"

"음식 해먹어도 아무 일 없잖아요. 이렇게 추운데 찬물에 빨래 하는 것보다 나아요."

진규는 한겨울에도 얼지 않고 샘물이 솟아나는 뒤란 우물에서 물을 떠다 솥에 부었다. 물이 데워지자 오래 묵은 옷가지의 때를 불리느라 양잿물을 섞었다.

"때가 좀 빠지게 담가둬야겠어."

어머니는 고구마를 꺼내 씻었다. 진규는 굴속에서 잠을 잔 아버지와 동생을 보려고 문밖을 나서려고 했다.

"진규야, 넌 공부해. 아무리 전쟁 중이라도 학생이 공부를 열심히 해야지. 세상이 어떻게 돌아가든지 간에 흔들리지 말고 꿋꿋하게 네 할 일을 해라."

어머니 목소리가 날이 갈수록 더 단호해졌다.

"청년들이 정신 똑바로 차리고 살아야 나라가 바로 서는 거란다. 청년이 휘청하면 나라도 휘청해서 이런 몹쓸 놈의 전쟁을 겪는 거야. 무식한 엄마 말이라고 흘려듣지 말고 명심해라. 알겠냐?"

"알았어요."

진규는 곧장 방으로 들어갔다. 책을 펼쳐 글이 눈에 들어오게 하려고 정신을 집중했다. 그러자 한동안 잊었던 공부가 새록새록 머리에 들어오는 듯했다. 왜 여태껏 핑계만 댔을까. 전쟁이 공부를 못하게 하고, 전쟁이 정신을 흐린다고 원망만 했을까.

세상에 어떤 일도 영원히 지속되는 건 없을 것이다. 사람이 영원히 사는 것도 아닌 것처럼, 언젠가는 이 전쟁도 끝날 것이다.

"진규야, 이거 먹어라."

어머니가 고구마 두 개를 방으로 넣어주었다.

"굴에 갔다 와서 빨래할 거야."

"제가 갈게요. 길이 미끄럽잖아요."

"아냐. 큰댁 식구들도 있으니까 얘기도 하고 좀 놀다 올게."

어머니는 식구들과 큰댁 식구들에게 줄 고구마를 챙겨서 곡계 굴로 갔다. 어머니가 나가고 난 후에 유난히 하늘을 낮게 나는 전투기의 굉음 소리에 마음이 흐트러졌다.

'어휴, 지겨워! 그만 좀 하지.'

진규는 천장을 쳐다보면서 볼멘소리를 했다. 그렇더라도 전투기 굉음 소리는 멈춰지지 않고 계속 이어졌다. 손으로 귀를 막았지만 이미 머릿속은 굉음에 뒤엉켜버렸다. 진규는 방바닥에 벌렁 드러누워 전투기 나는 소리가 멈춰지기를 기다리는 수밖에 없었다.

얼마나 지났을까. 갑자기 귓속을 찢을 듯이 굉음이 들려왔다. 무슨 일이지? 여태껏 이런 굉음이 들려온 적은 없었다.

진규는 급히 문밖으로 나왔다. 평소와는 달리 전투기 네 대가 한꺼번에 마을 위를 빙빙 돌았다. 인민군들도 마을을 떠난 지 꽤 지났는데, 누굴 향해 폭격을 하는 걸까. 곳곳에서 불길이 일어나고 검은 연기가 자욱했다. 불길한 예감이 들었다.

진규는 얼른 뒤뜰에 있는 방공호로 뛰어들어 갔다. 지붕을 튼튼하게 만들어놓아서인지 전투기 날아다니는 소리는 좀 전보다 멀게 느껴졌다. 마을을 떠난 걸까. 궁금했지만 전투기가 날아다닐 때는 나다니지 않고 가만히 숨어 있는 게 나았다.

"이럴 줄 알았으면 어머니 따라 곡계굴에 갈걸."

진규는 두려운 마음에 혼잣말로 중얼거렸다. 곡계굴에 들어가 있으면 전투기가 날아다녀도 굴이 튼튼해서 겁먹고 공포를 느끼지 않을 텐데. 철딱서니 없는 동생들이 부모님 눈을 피해서 굴 밖으로 나돌아 다니지는 않을까 염려되기도 했다. 어머니가 아침거리로 고구마를 가지고 갔으니까 지금쯤 식구들끼리 오붓하게 앉아 있을 것이다.

"이 전쟁만 끝나면 모든 고통은 사라질 거야. 원래대로 돌아갈 거야."

진규는 일부러 소리 내어 주문을 외웠다. 그러면 현실의 공포를 조금은 덜어낼 수 있었다.

"쾅! 쾅! 쾅쾅쾅쾅!"

순식간에 폭탄 터지는 소리가 아주 가깝게 들려왔다.

'무슨 일이 벌어지는 거야?'

진규는 한동안 숨죽이고 폭격 소리가 멈춰지기를 기다렸다. 그러나 간절한 바람과는 달리 갈수록 폭격 소리는 더 심해져 갔다. 도저히 그냥 있을 수가 없었다.

'아무래도 큰일이 벌어진 것 같아.'

그제야 진규는 온몸이 터질 듯이 가슴이 벌렁거렸다. 널빤지 덮개를 열고 밖으로 나왔다. 전투기에서 시커먼 덩어리가 마구 떨어지고 있었다. 마을 곳곳에 불길이 일고, 검은 연기가 마을을 뒤덮었다.

진규는 얼른 방공호로 숨어들었다. 방공호 덮개를 덮고서 이불을 푹 뒤집어썼다. 머릿속이 하얘지고 심장이 벌렁벌렁 뛰었다. 그토록 폭격만은 피해 가기를 간절히 바랐는데 기어이 벌어지고 말았다.

다시 방공호로 숨었다. 진규는 전투기에서 떨어지는 게 정확하게 뭔지 알 수 없었다. 초가지붕이 불타고, 언제 집에도 폭격이 떨어질지 몰랐다. 어머니와 함께 곡계굴에 들어갔으면 이런 위험은 피할 수 있었을 텐데.

진규는 폭격이 멈춰지기만을 기다리는 수밖에 없었다. 식구들은 곡계굴에 들어가서 꼼짝도 하지 않고 있으면 더없이 안전할 것이다. 석회암으로 된 굴은 워낙 튼튼하고 폭탄을 쏟아부어도 끄떡없을 테니까.

얼마나 시간이 흘렀을까. 더는 기관총 쏘는 소리도, 포탄 터지는 소리도 들리지 않았다.

'이제 다 물러갔겠지.'

진규는 그제야 이불 속을 빠져나와 방공호 덮개를 열었다. 그 순간, 눈앞에서 불길이 활활 타오르고, 연기가 자욱했다. 집이 불타고 있었던 것이다.

"불이야! 불이야!"

진규는 소리치며 안마당으로 뛰어나왔다. 그런데 온 천지가 불타고 있는 게 아닌가.

"도대체 무슨 일이 일어난 거야!"

진규는 절규했다. 초가지붕은 순식간에 검은 재를 날리면서 사라져갔다. 괴물 같은 검은 불길이 삽시간에 온 집을 집어삼키고 말았다. 진규는 불을 끌 생각도 못하고 망연히 바라보았다. 지붕과 서까래가 무너져 내리고, 방 안에 있던 농이며 이불, 옷가지들이 불길과 함께 시커멓게 타버렸다. 문득, 식구들 얼굴이 떠올랐다.

진규는 아직 불길이 타고 있는 집을 두고 곡계굴로 달려갔다. 길모퉁이를 도는 순간, 곡계굴 앞에 이글이글 타오르는 불길과 시커먼 연기가 뿜어져 나오는 광경과 맞닥뜨렸다. 더군다나 기름 타는 냄새에 숨이 막힐 것 같았다.

"무슨 일이야! 무슨 일이 벌어진 거야!"

진규는 영문을 몰라 소리를 질렀다. 세상은 온통 불길에 휩싸여 있고, 하늘도 검은 연기로 가득해서 세상이 지옥으로 변해버렸다. 사람들이 불길 사이를 뚫고 굴에서 뛰쳐나와 쓰러졌다. 그러고 보니 곳곳에 쓰러져 있는 사람들도 눈에 띄었다. 이때 사라졌던 전투기가 마을 위로 쑥 날아왔다. 그러고는 달리는 사람들을 향해 기관총을 쏘기 시작했다. 총을 맞은 사람들이 여기저기에 쓰러졌다. 그 사이를 뚫고 뛰쳐나온 사람들은 산으로, 얼어붙은 개울로 뛰어가서 총을 맞지 않으려고 바짝 엎드렸다.

진규는 발을 동동 구르면서도 어떻게 해야 할지 몰라 허둥댔다.

"아버지! 어머니!"

진규는 미친 망아지처럼 풀쩍풀쩍 뛰면서 목이 터져라 불렀다.

"분희야! 진배야! 빨리 도망쳐!"

어린 동생들이 저 불길 속에서 살아나올 수 있을까. 진규의 절규는 폭탄 터지는 소리와 기관총 소리에 묻히고 말았다. 진규는 더 이상 서 있을 수도 없었다. 눈앞이 안 보일 정도로 시커먼 연기가 자욱했던 것이다. 언제 총알이 머리 위로 날아올지 몰랐다.

어디서 나타났는지 개 한 마리가 미쳐서 날뛰니까 전투기가 개를 따라서 기관총을 쏘아댔다. 땅 위에서 움직이는 생명은 모조리 죽이려고 작정을 한 듯했다.

진규는 얼른 산 아래 바위 밑에 숨어들었다. 전투기는 마을과 곡계굴을 오가면서 기관총을 쏘고 불길을 떨어뜨렸다. 마치 확인 사살을 하러 다시 찾아온 것 같았다.

한동안 폭격을 하던 전투기는 검은 연기 저편으로 사라졌다. 그제야 진규는 곡계굴 앞으로 뛰어갔다. 굴 앞은 여전히 불길이 활활 타오르고, 검은 연기가 자욱했다. 무엇보다도 기름 타는 냄새와 유독가스 때문에 숨을 쉴 수가 없었다.

진규는 식구들을 찾으러 굴속으로 들어가려고 마음먹었다. 그러나 한 발자국도 들여놓을 수가 없었다. 불길과 유독가스와 검은 연기로 굴 입구가 가로막혀 있었다.

"거기 누구 없어요? 누구 없어요?"

이때 한 남자가 불길을 뚫고 뛰어나오다가 굴 입구에서 쓰러졌다. 이때 산으로, 얼어붙은 개울로, 산자락으로 피신했던 사람들이 하나둘씩 모여들었다. 먼저 도착한 동네 아저씨가 급하게 서둘렀다.

"우선 살아 있는 사람부터 옮기자고."

진규는 사람들과 힘을 합쳐 쓰러진 사람을 가을걷이를 끝낸 수수밭으로 옮겼다.

"굴속에 있는 사람들은 괜찮아요?"

불길을 뚫고 나온 사람들은 듣는 둥 마는 둥 하면서 그대로 쓰러졌다. 진규는 애가 탔다. 굴속에서 나와 신음하고 있는 사람들을 한 명씩 살펴보았지만 식구들 얼굴은 보이지 않았다. 그러는 동안 진규는 불에 덴 사람들을 구하느라 정신을 놓아버렸다.

"진규야, 저기 네 동생 아냐?"

"누구? 누구?"

진규는 단숨에 굴 앞으로 달려갔다. 그러나 누가 누구인지 도무지 분간해낼 수가 없었다. 시커먼 연기와 불길과 기름 타는 냄새와 유독가스가 뒤엉켜 정신이 혼미하고 눈을 제대로 뜰 수조차 없었다. 금방이라도 숨이 막혀 쓰러질 것 같았다. 진규는 코를 손으로 싸매 쥐고 시신들과 비명을 지르는 사람들 사이를 찾아다녔다.

"분희네. 아이고, 이걸 어쩌나!"

동네 사람이 먼저 알아보았다. 진규는 그제야 불이 붙어 있는 한 여자애를 보았다. 설마 저 아이가 분희라니! 진규는 한달음에 달려가 웃옷을 벗어 불이 붙은 여자아이를 향해 마구 내리쳤다. 그러고는 눈을 모아서 미친 듯이 분희 몸에 퍼부었다. 불이 다 꺼지고 나자 몸에서 연기가 스멀스멀 올라오다가 잦아들었다.

"분희야! 네가 왜! 왜!"

진규는 동생을 끌어안고 가슴이 터지도록 울부짖었다. 분희는 아직 죽지는 않은 듯 가슴을 팔딱거렸다.

"분희야, 눈 뜨고 오빠 얼굴 좀 봐! 분희야!"

분희는 눈을 감은 채 앓는 소리를 냈다. 분희를 정신이 나가지 않게 붙잡으려고 눈을 뒤집고 흔들어보기도 하던 진규는 '아아

악!' 비명을 질렀다. 분희의 두 손은 불에 타서 오그라들었고, 얼굴이며 두 발도 성하지가 않았다. 이런 몸으로 어떻게 굴속을 빠져나왔을까.

"분희야, 네가 왜 이런 꼴을 당해야 해. 응, 왜! 왜!"

진규는 온몸이 불에 덴 동생을 끌어안고서 억장이 무너졌다. 식구들을 찾으러 굴로 들어가고 싶었지만 분희를 혼자 남겨두고 자리를 떠날 수가 없었다.

그제야 진규는 머릿속에서 섬광처럼 스쳐가는 생각에 저절로 등골이 오싹했다. 동굴 안에서 무시무시한 일이 벌어졌다는 걸 짐작할 수 있었다. 그래도 동굴 맨 안쪽은 입구에서부터 꽤 멀리 떨어져 있어 불길이나 매캐한 연기가 닿지 않을 것이라 생각하려 했다.

분희가 입을 벌렸다 오므렸다 하면서 뭔가를 중얼거렸다.

"왜? 무슨 말을 하는 거니? 좀 더 크게 말해봐."

진규는 분희 입에 귀를 바짝 갖다 댔다. 그런데도 무슨 말을 하려는지 알아들을 수가 없었다. 진규는 식구들이 굴속에서 어떻게 되었는지 알고 싶어서 애간장이 녹아내렸다. 하지만 분희는 혼잣말로 입안에서 웅얼거렸다.

"분희야, 정신 차려야 살 수 있어. 그래야 살 수 있어!"

진규는 분희가 숨을 쉬지 않을까 봐서 계속 말을 걸었다. 비록 대답은 못하더라도 오빠 목소리를 들으면 조금이라도 고통이 덜할지도 모른다는 막연한 생각이 들었던 것이다.

어디선가 검은 연기를 타고 노래 부르는 소리가 가늘게 들려왔다. 진규는 잘못 들었나 해서 주위를 둘러보았다. 마치 환청이 들려오는 것처럼 들려왔다 끊어졌다, 다시 이어졌다.

푸른 하늘 은하수 하얀 쪽배에
계수나무 한 나무 토끼 한 마리
돛대도 아니 달고 삿대도 없이
가기도 잘도 간다 서쪽 나라로.

진규는 분희가 즐겨 부르던 노래라는 걸 알았다.

"분희야! 분희야!"

진규는 분희가 정신이 돌아오고 살아났다는 생각에 목울음이 터져 나왔다. 그러나 분희는 노래만 계속 불렀다.

진규는 분희가 고통을 참으려고 노래를 부른다고 생각했다. 설마 이대로 죽어가고 있는 건 아니겠지. 살아남기 위해서 본능적으로 희망의 끈을 붙잡으려고 애쓰는 걸 거라고 여겼다. 저 굴속에 있는 아버지, 어머니, 진배는 어떻게 되었을까. 바로 눈앞에 두고도 들어갈 수가 없었다. 이미 굴 입구에도 시신이 가득했다.

진규는 분희를 안고 집으로 향했다. 분희는 집으로 가는 길에도 계속 입만 움직이면서 노래를 불렀다. 안채는 이미 불타버리고 사랑채는 타다가 겨우 반쯤 남아 있었다.

진규는 분희를 안고 방공호로 들어갔다. 다행히 방공호는 온전하게 남아 있었다. 방공호에 두툼한 이불을 깔아두어서 분희를 눕힐 수 있었다.

"분희야, 정신 좀 차려봐. 정신을 차려야 살 수 있어."

분희는 혼잣말로 노래를 부르면서도 대꾸 한마디 하지 않았다. 진규는 분희를 눕히고 다시 곡계굴로 뛰어갔다. 굴 앞에는 여전히 큰 드럼통에서 불길이 활활 타오르고, 검은 연기는 굴속으로 줄기차게 뻗어 들어가고 있었다. 그 광경이 마치 커다란 아궁이에 기름통을 넣고 군불을 지피는 것 같았다.

언제 저 괴물이 멈춰질까. 진규는 가슴이 타들어갔지만 자신의 능력으로는 어찌해 볼 도리가 없었다.

"저 기름통이 문제여. 기름통의 불을 어떻게 끌 수 있겠어."

불길은 굴 안으로 들어가는 입구를 막아버렸다. 불길과 연기 때문에 가까이 접근조차 불가능했다. 진규는 어떻게든 굴속으로 들어가 식구들을 구해야 했다. 분희도 저 불길을 뚫고 살겠다고 뛰쳐나오지 않았던가.

진규가 굴속으로 돌진을 하는데 갑자기 누군가가 팔을 붙잡았다.

"미쳤냐! 식구들 찾기 전에 너부터 타 죽어. 살아야 식구를 살리든 시신이라도 거두지…… 정신 차려!"

동네 아저씨가 진규 옷에 붙은 불길을 껐다. 진규는 몸에 불이 붙은 줄도 몰랐다. 아픔을 느낄 겨를도 없이 마음은 굴 저 깊은 곳에 있었다.

"천만다행으로 상처가 많이 난 건 아니네. 얼른 눈을 갖다 대. 아픈 게 한결 괜찮아질 거야."

"이렇게 가만히 보고 있어야 해요? 저 속에 우리 식구들이 있는데……."

진규는 울부짖었다. 그러자 진규의 팔 부풀어 오른 살갗에 차가운 눈을 갖다 대던 아저씨가 버럭 소리를 질렀다.

"누군 뭐 이래 있고 싶어서 보기만 하는 줄 알아? 개죽음 당한다고 누가 알아주기나 해?"

"그럼 어떡해요?"

"불길이 좀 잦아질 때까지 기다리고, 굴속에서 뛰쳐나오는 사람이 있으면 구해야지."

사람들은 불길과 연기로 가득 찬 굴 앞을 떠났다. 당장 숨을 쉴 수가 없어서 자신도 모르게 점점 뒤로 물러났던 것이다. 진규는 수수밭에 모여 있는 사람들 사이에 있다가 다시 집으로 향했다.

"분희야! 분희야!"

진규는 찬바람이 들어가지 않게 꽁꽁 덮어놓은 덮개를 들추었다. 분희는 그대로 누워서 노래를 부르고 있었다. 진규는 분희를 안았다. 혼자 내버려 둔 게 미안하고, 어떻게든 죽지 않게 지켜야 했다.

"분희야, 아파도 조금만 참아. 그러면 살 수 있어."

진규는 자신도 장담하지 못하는 말을 분희 귀에 대고 속삭였다. 어떡하든지 삶의 끈을 이어가게 하고 싶었던 것이다. 밤새도록 분희를 안고 계속 말을 했다.

그렇게 눈바람이 몰아치는 밤을 보내고 진규는 문득 정신이 번쩍 들었다. 분희를 껴안은 채 자신도 모르게 잠이 들었던 것이다. 분희는 더 이상 노래를 부르지 않았다. 잠이 든 걸까. 고통스럽고 아플 때는 차라리 잠이 들어서 조금이라도 고통을 잊는 게 나을지도 몰랐다.

진규는 분희가 깨지 않게 조심스럽게 머리카락을 쓰다듬었다. 얼마나 아프고 고통스러웠을까. 진규는 곡계굴에도 가봐야 했다. 그래서 품에 안고 있던 분희를 살며시 내려놓았다. 분희 몸이 축 늘어졌다. 진규는 순간, 동생이 이미 저세상으로 떠났다는 걸 알았다. 육신만 남겨놓고서 영혼은 벌써 어둠과 함께 저세상으로 가버린 것이다. 진규는 동생의 죽음을 발견하고도 이제 눈물도 나오지 않았다. 단지, 올 것이 오고야 말았다는 허탈감과 현실을 확인할 뿐이다.

"분희야, 지켜주지 못해서 미안해! 미안해!"

진규는 모든 게 자기 잘못인 것 같았다. 부모님을 만나면 분희가 죽었다는 말을 어떻게 전해야 할지…….

진규는 분희를 이불에 감싸두고서 밖으로 나왔다. 하늘은 어제보다 더 많은 눈송이가 무심하게 흩날리고, 바람도 제법 불었다. 이 눈이 제발 기름통의 불길을 꺼지게 해주기를 빌었다.

진규는 곡계굴로 뛰어갔다. 하룻밤이 지났는데도 굴 쪽에서는 여전히 시커먼 연기가 하늘을 뒤덮었다. 하늘에서 내리는 눈으로는 검은 연기도, 검은 불길도 잡지 못했던 것이다.

밤새도록 굴 앞에서 지낸 사람들도 있고, 집이 불타서 불 끄러 갔다가 다시 돌아온 사람들도 있었다.

"분희는 좀 어때?"

마을 어른들이 물었다. 진규는 대답 대신에 고개를 저었다.

"목숨이 붙어 있기나 하냐?"

진규는 다시 고개를 흔들었다. 그제야 사람들은 분희가 죽었다는 걸 알아채고는 한숨을 깊게 쉬었다. 지금은 살아남고 죽는 게 종이의 양면과 같이 하나인 것이다. 그러니 살아 있다고 해서 산 것도 아니었다.

6. 폭격 후, 살아남은 사람들

기다려도 곡계굴 앞에는 여전히 불길이 타오르고 검은 연기가 자욱했다.

어제 아침에 눈을 떴을 때만 해도 이런 지옥으로 변할 줄은 꿈속에서도 상상해보지 못했다. 식구들 얼굴도 보지 못하고, 살았는지 죽었는지도 알 수 없었다. 마을은 불바다로 변하고 숨쉬기조차 힘겨울 정도로 검은 연기와 유독가스로 가득 찼다. 세상에 태어나 이런 지옥은 처음으로 겪는 터라 진규는 도무지 제정신을 차릴 수가 없었다.

"언제 저 지옥 불이 꺼지겠어, 응! 언제 꺼지겠냐고!"

동네 아주머니가 또 울부짖었다. 사람들은 마치 미친 사람처럼 고래고래 소리를 지르다가, 울부짖다가, 넋을 놓고 멍하니 바라보다가, 눈 위에 풀썩 주저앉아 고개를 숙인 채 염불을 외우기도 했다. 모두 제정신이 아니었다.

진규는 이대로 울부짖기만 하고 있을 수는 없었다. 굴에서 뛰어나오다가 쓰러져 쌓인 시신을 대충 치우고 안으로 들어갈 수 없을까 이리저리 궁리해보았다.

"제발 살아 있기만 해요. 내가 꼭 구해줄게요."

진규는 마치 식구들이 듣기라도 하는 것처럼 말했다. 간절하게 원하면 기도가 이루어질지도 몰랐다. 지푸라기라도 잡고 싶은 심정이 이럴 것이다.

불길이 이글이글 타는 큰 드럼통을 어떻게든 치워야지 계속 굴속으로 불길이 들어가지 않을 것이다. 그러나 장대로 밀어봐도, 나무 막대기로 밀어봐도 끄떡도 없었다. 오히려 불길을 피울 땔감을 제공하는 꼴밖에 되지 않았다.

"다들 넋 놓고 가만히 있을 거야? 정신 차리자고! 호랑이한테 물려가도 정신만 차리면 살 수 있다고 하잖아!"

누가 절규하듯 외쳤지만 왠지 지금 이 상황에서는 허황되게 들려왔다. 이미 죽은 사람이 얼마나 많은지 짐작하지도 못했다. 평소에도 늘 듣는 소리지만, 죽은 사람이 지천에 널려 있는데, 정신을 차린다고 이틀 전으로 되돌아갈 수는 없었다.

눈밭 위에는 죽은 사람들, 아직 죽지는 않았지만 신음 소리를 내면서 끙끙 앓는 사람들, 온몸이 불에 데여 고통스럽게 괴성을 지르는 사람들, 이미 온몸이 불에 데여 얼굴조차 알아볼 수 없는 사람들로 수십 명이 널브러져 있었다. 그런데도 고통을 없애줄 방법도 없고, 더군다나 치료는 엄두도 내지 못했다. 그냥 바라보기만 할 뿐이었다.

"살아 있는 게 죄가 되는구먼. 우리가 할 수 있는 데까지 해봐야지 어쩌겠어."

죽은 목숨 앞에서 산 목숨은 그저 무기력하고 방관자일 뿐이다.

진규는 불길이 더 잦아들자 굴속으로 들어가려고 기웃거렸다.

"그러지 마라. 들어가면 죽음밖에 더 있겠냐!"

진규는 말리는 사람들 손길을 뿌리치고 안으로 들어갔다. 뜨거운 불길과 검은 연기로 가득 찬 굴속을 백 미터 달리기하듯이 뚫고 들어갔지만 이내 고꾸라졌다. 쓰러진 순간에 유독가스 때문에 숨을 쉴 수 없어 가슴이 갑갑하고 목울대가 막혀버렸다. 진규는 안간힘을 쓰면서 도로 뒤돌아 나왔다.

진규는 밖으로 나오자마자 손과 팔을 뻗고 눈 위에 쓰러졌다. 가슴이 따가워 한동안 숨을 쉴 수가 없었다.

"그것 봐라. 웬 고집을 부린다고."

"우리들은 뭐 식구들 살리기 싫어서 이래 손 놓고 있는 줄 아는감!"

사람들의 비난 소리가 귓전을 아프게 후벼 팠다. 진규는 그제야 말라버린 눈물이 다시 샘물처럼 솟구쳐 올랐다. 슬픔과 분노와 절망감의 감정이 뒤섞여 이미 마른 줄 알았던 눈물이 다시 솟아났던 것이다.

눈밭 위에 쓰러진 채 가만히 눈을 감고 있는 진규를 누군가가 툭툭 쳤다.

"정신 차려! 그래야 저 안에 식구들을 구할 수 있어."

"죽으면 끝장이야. 누가 우리 마을에 이런 몹쓸 짓을 했는지 밝혀야 될 거 아냐."

진규는 호흡을 가다듬으면서 흐르는 눈물을 속으로 삼켰다. 속절없이 쓰러져 눈물만 흘린다고 지금 이 지옥에서 벗어날 수 있는 건 아니었다. 아직도 저 굴속에서 식구들이 살아 있는지 죽었는지도 모르는데, 절망하면서 포기할 수는 없었다. 진규는 자신이 절망하고 포기하는 순간에 식구들 목숨도 끝장이 난다는 걸 깨달았다.

진규는 다시 한번 다짐을 하며 몸을 일으켰다. 그러면서 퍼뜩 떠오르는 생각이 있었다. 이제 내 식구만 살리려고 마음먹을 게 아니라, 네 것 내 것 가리지 않고 누구든 살릴 수 있는 사람은 다 살려야 한다는 의무감이 생겼다. 비록 시신이라도 더 비참하게 훼손되지 않게 안전한 땅으로 옮겨 놓는 것이 이 전쟁에서 살아남은 사람들의 몫이었다.

진규는 사람들과 함께 불타고 있는 굴 앞을 지켰다.

"왜 나오는 사람이 없어요? 설마 다 죽은 건 아니겠지요?"

진규는 뜸하게 굴속에서 뛰쳐나오던 사람들 발길이 끊어지자 더 애가 탔다. 아무도 나오지 않는다는 건 어쩌면 모두 죽음을 맞이했을 수도 있다는 불길한 예감이었다.

느티마을에 폭격이 퍼부어진 이틀째 날도 바깥에서 굴속으로 들어갈 수가 없었다. 살아남은 사람들은 속절없이 불타는 굴 입구를 바라보다가 어두운 하늘을 맞이했다.

피 냄새를 맡아서일까. 아니면 한겨울 굶주림에 본능적으로 찾아온 걸까.

전투기 폭격 속에서 살아남은 고양이들, 개들이 시신과 부상자들을 눕혀놓은 수수밭으로 어슬렁거리며 다가왔다.

"저 녀석들이…… 저승사자도 아니고, 왜 저래!"

동네 아주머니가 손을 휘저으면서 소리를 질렀다. 그런데도 녀석들은 도망칠 생각도 하지 않고 어슬렁거리면서 돌아다녔다.

진규는 벌떡 일어나서 수수밭으로 달려가면서 '훠이! 훠이!' 소리를 질렀다. 녀석들은 그제야 눈치를 흘끔흘끔 보면서 뒷걸음질 쳤다.

"저리 썩 꺼져. 꺼지란 말이야."

녀석들은 조금 멈칫하다 이내 누워 있는 사람들 주위를 다시 맴돌았다. 진규가 가까이 다가가서 쫓는 시늉도 하고 소리를 질러도 겁을 먹지 않았다. 짐승들도 미쳐버린 세상이 되었다. 죽은 사람들뿐만 아니라, 아직 숨이 붙어 있는 사람들에게도 죽음의 냄새를 맡고 달려드는 것이다.

진규는 밤이 깊도록 굴 앞에서 머물렀다. 다른 사람들도 저 굴속에서 무슨 일이 일어났는지, 식구들이 어떻게 되었는지 몰라서 좀처럼 발길을 돌리지 못했다. 하지만 어둠이 깊어지고 추위에 떨게 되자 더는 버티지 못하고 각자 흩어졌다.

진규도 집으로 돌아왔지만 얼음장처럼 차가운 몸을 누일 만한 방 하나 남아 있지 않았다. 그래서 결국은 방공호로 두더지처럼 들어갔다. 이틀 동안 아무것도 먹지 않았지만 배고픔을 느끼지도 못했다. 이불을 뒤집어쓰는 순간에 까무룩 잠이 들고 말았다.

전투기 폭격이 벌어지고 사흘째 되는 날이 밝았다. 드럼통에 기름도 조금 남았는지 어제보다 불길이 잦아들었다. 그래도 검은 연기와 유독가스는 여전히 사방에서 풍겨 나와 가까이 다가가기 힘들었다.

기름통은 사흘 동안 끊이지 않고 계속 타다가 오후가 되어서야 불길이 거의 잦아들었다. 그제야 사람들은 굴속으로 들어가려고 시도했다.

"살아 있는 사람이 있으면 먼저 밖으로 꺼내요."

누군가가 외쳤다. 그러나 식구들이 굴속에 들어가 있는 사람들은 그럴 마음의 여유가 없었다. 우선 식구들을 찾아야 했다. 누군가가 가져온 광목을 수건처럼 만들어 하나씩 나누어 코와 입을 막았다. 굴속에 들어가기 전에 유독가스와 연기를 조금이라도 덜 맡아야 굴속에서 버틸 수가 있기 때문이다.

진규도 광목 수건으로 코와 입을 막고 굴속으로 먼저 들어갔다. 때로는 시신에 발이 걸려서 넘어지기도 했다. 그러나 멈출 수가 없었다. 굴속으로 들어갈수록 이상한 현상을 알아챘다. 굴 입구 쪽으로 널브러져 있는 시신들은 불길에 타거나 몸이 오그라들었는데, 안쪽에 쓰러져 있는 사람들은 몸이 멀쩡했다. 불길에 타서 죽은 게 아니라 연기와 유독가스에 질식해서 죽었던 것이다.

굴속은 어두침침했지만 횃불도 들 수 없었다. 연기와 가스가 차서 불을 켜는 순간에 불이 난다고 사람들이 말렸던 것이다.

진규가 더듬더듬 걸어가는데 곳곳에 시신이 드러누워 있어서 죽은 사람을 넘고 가기도 죄스러웠다. 사람이 사람을 넘고 다니는 게 진규한테는 낯선 행동이어서 자꾸만 발걸음과 손이 움츠러들었다. 혹시라도 살아 있는 누군가가 숨이라도 쉴까 봐서 귀를 쫑긋 세우고 발자국 소리조차 나지 않게 걸었다. 그런데도 동굴 밖에서 불어오는 바람 소리가 귀를 가득 채웠다. 진규는 점점 가슴이 타들어갔다. 한 가닥 실낱같은 희망도 시나브로 사라져가고 있었다.

"어머니! 아버지!"

동굴 속은 진규의 울분에 찬 목소리만 울려 퍼졌다.

"진배야, 살아 있으면 대답해!."

진규는 목이 터져라 소리를 질렀다. 혹여 살아 있으면 목소리를 듣고 대답할 거라고 믿었다. 그러나 식구들 목소리는커녕 아무도 대답을 하지 않았다. 밖에서 들어온 사람들이 식구들을 부르는 소리만 동굴 속에서 쩌렁쩌렁 울려 퍼졌다. 굴속은 무덤이었다. 그래도 진규는 눈으로 확인하는 순간까지 희망의 끈을 놓지 않았다.

"모두 다 죽은 거 아냐!"

귀에 익은 목소리가 들려왔다. 동네 아주머니가 시신에 걸려 넘어졌는지 비명을 질렀다. 사람들은 시신을 들추며 식구들을 찾아다녔다. 진규는 일일이 시신을 들춰볼 수가 없어서 식구들이 보금자리를 틀었던 동굴 맨 안쪽으로 계속 전진했다.

굴속은 마치 처음 가는 길처럼 낯설고 어둡고 멀고 험하고 아득했다. 연기 때문에 눈이 맵고 숨쉬기도 힘겨웠다. 겨우 삼 일 만에 들어온 굴인데도 전혀 딴 세상이 되어버렸다. 비록 피난 온 장소지만 사람들의 숨결이 숨 쉬고, 곳곳에 호롱불과 밥 짓는 냄새와 이야기꽃을 피우던 동굴이었다. 그런데 이제 죽음으로 뒤덮인 공동무덤으로 변해버린 것이다.

'무엇으로 이 현실을 설명할 수 있을까!'

진규는 아무리 전쟁 중이라고 해도 도무지 이해할 수가 없었다. 어떻게 이런 비극이 일어날 수 있는지 오히려 악몽을 꾸는 것 같았다. 차라리 악몽이었으면······.

진규는 어느덧 비현실적인 이런 장면을 자기도 모르게 덤덤하게 받아들였다. 시신을 넘고 밟으면서 계속 굴속 깊숙이 들어가다 보니 무서움이나 두려움도 점점 가시고, 식구들 시신이라도 찾겠다는 마음만 가득 찼다.

동굴 언덕 위에서 식구들이 모여 있던 샘물 가까운 곳을 바라보았다. 어두침침해서일까. 아무런 움직임도 느껴지지 않았다.

"아버지! 어머니! 진배야!"

진규는 온 힘을 다해 목이 터져라 불렀다. 식구들의 목소리가 아직도 메아리처럼 귓전을 때렸다.

언덕 아래로 내려가는데 다리가 후들거렸다. 마음은 이미 각오를 했지만 몸은 저절로 떨리고 공포에 오그라들었다.

"어머니! 어머니!"

진규는 먼저 어머니를 불렀다.

"아버지! 진배야!"

대답 없는 메아리만 굴속에 울려 퍼졌다. 식구들이 머물렀던 자리에 가서야 아버지와 큰댁 식구들의 죽음과 마주했다. 어렴풋이 죽음을 예감해서일까. 진규는 옆에 있는 아버지를 먼저 물과 떨어진 곳에 눕혀놓았다. 불에 탄 흔적도 없이 깊은 잠에 빠진 듯 표정 없는 모습이었다. 큰아버지와 큰어머니도 함께 붙어 있었다. 사촌들은 샘물에서 훨씬 떨어진 동굴 벽 구석에 고꾸라져 있었다.

진규는 이미 시신이 되었지만 피붙이들을 한데 모아서 눕혀놓았다. 그런데 어머니와 진배는 보이지 않아서 주위 시신을 하나씩 들추어보았다. 어머니가 살아 있다면 어디에 숨어 있지는 않을 것이다. 어쩌면 굴속을 나오다가 갑작스런 폭격에 놀라 다른 피난민들과 뒤엉켜 돌아가시지는 않았는지. 진배는 어디에 있을까. 한곳에 가만히 앉아 있지 못하는 진배가 동무들과 어울려 산으로 올라갔을지도 모른다는 막연한 희망이라도 가져보았다.

식구들 죽음을 확인하는 순간까지는 희망을 놓을 수가 없었다. 그러나 얼추 수백 명이나 되는 피난민들 시신 속에서 식구들을 찾기란 쉽지 않았다. 굴속까지 가득 고여 있는 연기와 유독가스를 어떻게든 참아보았지만 더는 버틸 수가 없었다.

진규는 아버지 시신을 두고 발길을 돌리면서 자괴감에 빠졌다. 아버지는 저렇게 시신으로 누워 있는데, 혼자 살겠다고 굴 밖을 향해 도망치는 자신의 모습이 죄를 짓는 것 같았다. 그러나 본능적으로 굴 밖을 향해 시신을 밟고 넘어가면서 뛰었다.

진규가 굴 밖으로 나오자 입구에 듬성듬성 서 있던 사람들이 모여들었다.

"들어가 보니까 어때?"

"살아 있는 사람들은 없더냐?"

진규는 대답할 기운조차 남아 있지 않았다. 새 공기를 맡으면서 기침을 해대느라 가슴이 따가웠다. 이런 곳에서 사람들이 어떻게 숨을 쉴 수가 있었겠는가. 그런 줄도 모르고 굴 안쪽에는 불길과 연기가 닿지 않을 테니까 식구들은 살아 있을 거라고 부질없이 믿었던 것이다.

"다 확인 안 해봐서 몰라요."

진규는 자신 없게 대답했다. 식구들을 찾으러 들어갔던 동네 아주머니가 뛰어나왔다.

"아주머니, 어때요?"

사람들은 또 굴속 상태를 물었다.

"미친 세상이여! 굴속이 무덤이여, 무덤!"

아주머니가 털썩 주저앉아서 목 놓아 울부짖었다. 식구들을 찾지 못했다는 것이다. 식구들이 보금자리를 틀고 앉아 있던 곳을 찾아봐도 모두 뒤엉켜 누가 누구인지 분간할 수도 없었다는 것이다. 진규도 겨우 아버지와 큰댁 식구들 시신만 확인하고 그대로 도망쳐 나오지 않았던가.

"연기와 가스 냄새가 더 빠질 때까지 기다렸다가 다시 들어가 봐야 해."

굴속에 들어간 사람들이 그다음에 들어가려는 사람들을 말렸다. 지금 들어가 봐도 생사람만 잡을 거라면서 굴 안의 상황을 이야기해 주었다. 그러자 안으로 들어가지도 못하고 밖에서 마음 편하게 손 놓고 기다리지도 못한 채 안절부절못하던 사람들이 한숨만 내쉬었다.

진규는 아버지와 큰댁 식구들 시신이라도 수습을 해서 땅에 묻어야 했다. 하지만 아직 어머니와 진배를 찾지 못해서 애가 달았다. 식구들 얼굴을 보지 못한 지 사흘이나 되었는데, 벌써 두 사람이나 저세상으로 떠난 것을 확인했다. 이러다가 혼자 남는 건 아닐까. 제발 어머니와 진배가 목숨이라도 붙어 있기를 빌었다.

진규는 마음이 급해서 다시 광목 수건으로 입과 코를 막고 굴속으로 들어가려고 했다. 날이 어둡기 전에 한 번이라도 더 찾아보고 싶었다. 처음 들어갈 때는 굴속의 풍경이 놀랍고 두렵고 공포스러워 드러누운 시신들을 찬찬히 훑어볼 엄두도 내지 못하고 피하듯이 넘고 걸어갔다. 그러나 이제 굴속이 어떤 지경이 되었다는 걸 아는 터라 도망치지 않으리라 마음을 굳게 다잡았다. 망설이던 사람들도 해가 지면 또 내일로 미루어야 된다는 생각에 주위가 술렁이기 시작했다.

"굴속이 유독가스와 연기로 가득 찼으니까 조심하자고. 살아 있는 사람을 찾으면 서로 소리쳐서 밖으로 옮겨."

사람들은 동굴에 들어가기 전에 몇 가지 규칙을 정했다. 식구들을 찾는 도중에 혹시라도 살아 있는 사람이 있다면 먼저 구하자고 했다. 혼자서는 굴 밖으로 옮길 수 없으니 힘을 합쳐야 한 사람이라도 구할 수 있다는 결론이었다.

진규는 다시 굴속으로 들어갔다. 아버지 시신을 밖으로 옮기기 전에 어머니와 진배를 먼저 찾아야 했다. 혹시 살아 있을지도 모르니까.

진규는 굴 입구부터 꼼꼼하게 살펴나갔다. 분희도 혼자서 굴 밖을 뛰어나오다가 불길에 휩싸여 쓰러지지 않았는가. 그런데 왜 식구들이 뿔뿔이 흩어졌을까. 혹시 어머니와 진배가 함께 있지 않을까 하는 생각도 들었다.

어쩌면 아침밥으로 가져간 고구마를 다 먹고 난 후에 각자 흩어져서 놀다가 폭격을 당했을지도 몰랐다.

"살아 있는 사람들 없어요? 살아 있으면 대답해봐요."

진규는 소리치면서 한 사람씩 살펴보았다. 굴 입구 가까이에는 온전한 시신이 없었다. 바람에 밀려들어 온 불길을 피할 수 없었는지 온몸이 그을려 있고, 형체를 알아볼 수 없을 정도로 비참한 모습으로 엉켜 있는 걸 새삼 확인했다.

진규는 한 남자를 들추어보다가 신음 소리를 듣게 되었다.

"살았어요?"

남자는 끙끙 앓기만 했다.

"여기 사람이 살아 있어요! 빨리 와요!"

진규는 감격에 겨워서 목울음으로 외쳤다.

"누구야? 우리 마을 사람이야?"

굴속을 살펴보던 사람들이 소리쳤다.

"몰라요. 알아볼 수가 없어요."

이미 얼굴은 불에 덴 채로 앓고 있어 누구인지 도무지 알 수가 없었다. 사람들이 곧장 모여들었다. 우선 목숨이 붙어 있으면 굴 밖으로 옮겨놓고서 신선한 공기를 마시게 해야 했다. 몇 사람이 달려들어 굴 밖으로 꺼내놓았지만, 상처 입은 사람을 치료해 줄 방법은 없었다. 이런 시골에는 병원이나 약방도 없고, 더군다나 전쟁 중에 약을 구할 수도 없었다. 이런 와중에 살아남는 것은 순전히 개인의 운명이었다.

"아직 목숨이 붙어 있는 사람들이 더 있을 거야. 얼른 찾아보자고."

사람들이 다시 굴속으로 들어갔다. 어쩌면 숨이 붙어 있는 사람들이 있을 거라는 희망이 생겼다. 무엇보다도 식구들을 찾아야 한다는 절박함이 잠시도 굴밖에 머물지 못하게 했다.

진규는 굴속으로 들어갈 때는 신선한 공기를 마음껏 들이마시고는 광목 수건으로 코와 입을 가리고 지옥 같은 동굴을 향해 전진했다.

살아남은 남자를 꺼내놓은 장소부터 시작해서 다시 살피기 시작했다. 굴 입구에서 직선으로 걸어가다가 왼쪽 모퉁이를 돌아서 다섯 발자국 정도 뗄 무렵에 낯익은 얼굴을 발견했다.

"이 사람들은 피난민들이잖아!"

진규는 자신이 곡계굴에 데려다준 강원도에서 온 피난민 식구들의 시신을 보았다.

"아는 사람이야? 난 모르겠는데……. 타지에서 온 피난민이야?"

"예. 내가 여기 가라고……."

진규는 혀가 말려들어 제대로 말이 나오지 않았다. 굴속으로 데려다준 게 목숨을 잃게 만들었다는 자괴감이 들었다. 차라리 피난을 떠난 빈집이나, 방공호를 만들어놓은 빈집에 데려다주었다면 이런 비참한 죽음을 당하지는 않았을 텐데.

"여기도 숨이 붙어 있어. 빨리 밖으로 꺼내자."

동네 아저씨가 소리를 쳤다. 진규는 자신이 어디쯤에 와 있는지 확인하고는 다른 사람을 구하러 갔다. 진규가 지나온 자리인데 미처 발견하지 못했던 것이다. 아저씨가 진규의 등에 업혀주었다. 그러자 신음 소리를 냈다.

"조금만 참아요. 밖에 나가면 살 수 있어요."

진규는 급한 마음에 빨리 나오려다가 엎어지기도 했다. 다리가 떨리고 몸에 힘이 없어서인지 엄청 무겁게 느껴졌다. 그래도 내려놓을 수 없었다. 그것은 곧 죽음을 의미하는 것이니까.

동굴 밖에 사람을 옮겨다 놓고서 다시 의논을 했다.

"들것을 만들어야겠어요. 그래야 좀 더 쉽게 옮길 수 있어요."

진규는 나이 많은 동네 어른에게 동의를 구했다.

그러자 남자들은 굴속으로 다시 들어가고 아주머니들은 옷가지와 튼튼한 나무 막대기를 구해왔다. 나무 막대기 두 개를 가지런히 놓고 바짓가랑이를 끼우거나, 웃옷도 끼워서 들것을 만들었다.

"우리 아버지랑 큰집 식구들도 들것으로 옮길 수 있겠네요."

진규는 식구들 생각이 먼저 났다.

"이미 죽은 사람은 어쩔 수 없고, 산 사람부터 죽지 않게 살리자. 여기 있는 사람들 심정은 다 똑같아."

진규는 어른들의 말씀에 고개를 끄덕였다. 먼저 식구들만 생각한 게 부끄러웠다. 굴속으로 들것을 들고 들어가 아직 살아 있는 사람을 찾아다니면서 밖으로 옮기는 동안, 아주머니들이 옥수수와 고구마, 감자를 쪄왔다. 그제야 그날 이후 아무것도 먹지 않았다는 걸 새삼 깨달았다. 사람이 며칠 먹지 않아도 죽지 않는데, 불길과 유독가스에서는 금세 목숨이 스러졌다.

"먹자. 먹어야 살고, 살아야 이 억울하고 분한 마음을 풀 수 있지. 누가 우리 마을을 불바다로 만들었는지, 우리 식구들을 몰살했는지 알고는 죽어야 할 거 아냐. 그때까지는 살아남아야지……."

사람들은 모여서 한바탕 서러움을 토해냈다. 마을을 불바다로 만들고 곡계굴을 무덤으로 만들어버린 갑작스런 전투기 폭격에서 조금은 정신을 차리는 듯했다. 마냥 넋 놓고 앉아서 슬픔에 빠져 있을 수만은 없었다.

간단하게 주린 배를 채우고 난 후에 다시 들것을 가지고 굴속으로 들어갔다. 위에 엎어져 있는 시신에 깔려서 겨우 신음 소리만 내는 사람들을 찾아냈다. 대낮이라도 굴속이 어두컴컴해서 살아 있는 사람을 그냥 지나치기 일쑤였다. 그래서 맨 앞에 선 사람들이 훑어본 다음에 그다음 사람들이 다시 살펴보았다. 그러자 간간이 살아 있는 사람을 발견했고 곧장 밖으로 옮겼다.

진규는 굴속 모퉁이 움푹 들어간 곳에 시신들이 쌓여 있는 걸 새삼 발견했다. 왜 여태껏 알아보지 못했을까. 왜 저렇게 모여 있을까. 진규는 시신들을 들추어보았다.

"살아 있어요? 대답해봐요?"

진규는 자신이 없었지만 혹시 살아 있을지도 모르는 누군가를 위해서 소리쳤다. 그러나 아무런 대답이 없었다. 시신을 하나씩 들추어보던 진규는 순간, 숨이 멎었다. 어렴풋이 느껴지는 어머니! 가까이서 들여다보니, 어머니! 어머니였다.

"어머니! 어머니! 어머니가 왜 여기 있어요!"

비록 불길을 받아 몸이 일그러지지는 않았지만 다른 시신들 밑에 깔려서 짐짝처럼 구겨져 있었던 것이다. 진규는 어머니를 꺼내서 가슴에 품었다.

"어머니, 무슨 말이라도 좀 해봐요. 진규가 왔어요. 어머니가 무슨 잘못이 있다고 이래 죽어야 해요!"

진규는 어머니를 품에 안고 절규를 했다. 막상 어머니가 죽은 모습으로 나타나자 억장이 무너지고 세상이 캄캄했다.

"진규야, 어머니 밖으로 모시자."

동네 어른이 진규 등을 어루만지면서 달랬다. 진규는 한동안 어머니를 가슴에 안고 오열을 했다. 사람들이 어머니를 들것에 실어 밖으로 옮겼다. 아무리 피를 토하듯 울부짖어도 어머니가 살아 돌아올 수 없다는 걸 인정하고 싶지 않았다.

진규는 어머니를 눈밭에 옮겨놓고서 다시 굴속으로 들어가 이불을 꺼내왔다. 가만히 내버려 두면 굶주린 짐승들이 달려들지도 몰랐다. 어머니를 이불에 돌돌 말아서 감싸놓고서 동생을 찾으러 다시 굴속으로 들어갔다. 하늘의 운이 닿아준다면 진배가 살아 있을 것이다. 진배는 아직 아홉 살 어린애가 아닌가. 그 어린애가 죽는다는 건 아무리 전쟁이라도 너무 억울하다.

그런데 무엇 때문에 함께 있어야 할 식구들이 뿔뿔이 흩어졌는지 도무지 가늠할 수가 없었다. 진배는 원래 가만히 앉아 있지 못하고 여기저기 돌아다니면서 노는 걸 좋아하니까 얼떨결에 사고를 당한 건지도 몰랐다.

진규는 굴속을 뒤지고 다녔지만 진배를 찾을 수가 없었다. 굴속에서 돌아다니느라 너무 지치고 피곤해서 금방 쓰러질 것 같았다. 결국 아버지와 큰댁 식구들은 밖으로 옮기지 못했다. 아무래도 내일로 또 미루어야 할 것 같았다.

날이 어두워져 집으로 털레털레 걸어가는데, 동네 아저씨가 진규의 어깨를 잡았다.

"너희 집도 다 불탔는데, 우리 집에 가자. 우리 집은 폭격을 피해서 그대로 있어."

진규는 동네 아저씨를 따라 며칠 만에 따뜻한 방에 몸을 누일 수 있었다.

"죽기 아니면 까무러치기지!"

집이 불타 당장 겨울바람을 막아줄 방 하나 남아 있지 않은 사람들이 불에 타지 않은 집으로 나누어 흩어졌다. 모두 한 방에 다 들어가서 잠들었고 아궁이에 불도 따뜻하게 피웠다. 식구들이 많이 죽고 나자 혹시 불을 피워 전투기의 표적이 될까 봐 조심했던 마음까지 싹 가셨던 것이다.

7. 겨울 산, 겨울 땅

진규는 앞마당에 묻어놓은 배추와 무, 김치를 생각해냈다. 겨울 양식을 저장하기 위해서 해마다 어머니가 형이나 진규한테 땅을 파게 해서 묻어두었던 것이다. 작년 가을에는 형이 전쟁터에 나가서 진규 혼자서 땅을 팠다.

하늘에서 폭탄과 기관총을 퍼부어대도 땅속에 묻어두었던 겨울 양식은 불태우지 못했다. 며칠 동안 제대로 먹지도 못해서 배가 등짝에 붙어 고꾸라질 것만 같았다. 식구들이 죽고 진배는 시신도 찾지 못했는데도 배는 고팠다. 배가 고파서 땅속에 묻어둔 겨울 양식을 생각해내곤 반가운 마음이 들었다.

진규는 무 하나를 꺼내 씹어 먹으면서 자괴감이 들었다.

'식구들은 다 죽었는데 나는 살자고 목구멍에 무가 넘어가고 있구나.'

이런 마음과는 달리 배 안에서는 음식을 달라고 꼬르륵 소리가 났다. 가슴은 슬픔과 비통함으로 가득 차 있는데도, 목구멍에서는 음식물이 꾸역꾸역 넘어갔다.

진규는 무를 먹다가 아직 찾지 못한 진배 얼굴이 떠올랐다. 이제 곡계굴이 아닌 마을 뒷산으로 향했다. 마을 뒷산도 곳곳에 폭탄이 떨어져 불이 났지만 이미 꺼졌고, 혹시나 진배가 있나 찾으러 간 것이다. 진배는 아무리 날이 추울 때도 밖에 나가서 눈싸움을 하거나 팽이 돌리기를 하고 놀았다. 그러니 동무들과 어울려 토끼를 잡겠다고 산으로 올라갔는지도 모를 일이다.

겨울이면 진수 형과 함께 두 동생을 데리고 산토끼 사냥을 한다고 겨울 산을 헤집고 돌아다니며 놀았던 기억이 떠올랐다. 그때로 되돌아갔으면……. 이제 다시는 그때로 되돌아갈 수가 없었다. 전쟁이 당장 끝난다고 해도 이미 아버지, 어머니, 분희는 죽고 진배는 실종되었다. 전쟁이 모든 걸 파괴해버렸다. 한번 파괴된 삶은 다시는 예전으로 되돌릴 수가 없었다.

진규는 온 산을 헤매고 다니며 하루를 보냈다. 산에서 내려오는 길에 여기저기에 있는 무덤을 보면서 식구들 시신을 어떻게 할 건가 생각했다. 급한 대로 어머니 시신을 이불로 싸두긴 했지만 그대로 둘 수는 없었다. 밖에 그대로 두면 햇빛에 상하거나 짐승들 먹이가 될 게 뻔했다. 한겨울에 먹을 것도 없는 산짐승들이 사람들의 시신을 그냥 지나칠 리가 없었다.

내일이라도 식구들을 땅속에 묻어야 했다. 언제 또 폭격이 퍼부어질지 모르고 자신도 순식간에 죽을 수 있다. 자신마저 죽어버리면 식구들의 시신은 아무렇게나 나뒹굴어져 들짐승, 산짐승 밥이 될 것이다.

진규는 집으로 돌아와 분희가 누워 있는 방공호를 들여다보았다. 마치 잠든 모습이었다. 이미 죽은 분희를 보면서 불현듯 무감각해지는 자신을 발견했다.

'분희야, 조금만 기다려라. 곧 묻어줄게.'

진규는 어제 하룻밤 신세를 진 집으로 갔다. 하룻밤을 따뜻한 방에서 자고 나니까 차디찬 땅속에서 자는 게 엄두가 나지 않았다.

"진배 찾았냐?"

사람들이 물었지만 진규는 말없이 고개를 가로저었다. 동네에서 진배 또래의 아이들이 감쪽같이 사라졌지만 아무도 찾지 못했다. 주인집에서 내놓은 감자 몇 알을 얻어먹고는 곧장 까무룩 잠들었다. 그러나 깊은 잠을 들지 못해서인지 자는 둥 마는 둥 하다가 무엇엔가 놀라 귀가 번쩍 뜨였다.

"어우우우 어우우우우."

늑대 울음소리였다. 오늘따라 늑대 울음소리가 더 처량하게 귓속을 울렸다. 진규는 그만 가슴 가득 고여 있던 눈물이 솟구쳤다.

'어머니! 어머니!'

진규는 자신이 겨울 산속을 헤매는 늑대가 되었다는 생각이 들었다.

그러다가 문득, 늑대가 나타났으면 어머니 시신이 훼손당할지도 모른다는 불안감에 휩싸였다. 진규는 벌떡 일어났다.

"늑대가 울고 있구먼. 어디 가려고?"

진규처럼 잠들지 못한 아저씨가 물었다.

"늑대가 시신한테 덤벼들까 봐서 확인해보려고요."

"저것들도 한겨울에 춥고 배고프면 시신인들 가만두겠냐. 늑대가 물어뜯으면 흉측해질 텐데 어쩌겠냐."

아저씨는 그렇게 말하면서 진규를 뒤따라 나왔다. 같이 불이라도 피워 산짐승을 내쫓아버리자면서 횃불을 들고 나섰다.

"어우우우우."

늑대가 오늘따라 유난히 울부짖었다. 굴 주위 드럼통에 아직 불씨가 남아 있지만 산짐승들을 내쫓기에는 부족했다. 불길 때문에 사람들이 동굴 속에 갇혀 죽음을 맞이했는데, 지금은 시신을 지키기 위해서 불을 더 피워 올려야 하는 처지에 놓였다.

진규는 마음 내키지는 않지만 굶주림에 지쳐 있을 산짐승들에게 시신을 내주지 않으려면 이 방법밖에 없었다. 아저씨와 함께 타다 남은 물건이나 나뭇가지를 모아서 곳곳에 불을 피워 올렸다.

사방에서 불길이 피어오르자 늑대 울음소리도 그쳤다.

"이 정도면 괜찮겠지?"

"큰일이에요. 산짐승까지 덤벼드니……."

"이 많은 시신들을 어떡할 수 있겠냐. 다 운명이지. 몹쓸 놈들, 이런 시골에 무슨 원수가 졌다고 불바다를 만들어."

"미군 전투기가 날아다녔잖아요. 그런데 미군이 우리한테 왜 이런 짓을 저질렀겠어요. 믿을 수가 없어요."

"글쎄 말이다. 누가 이런 짓을 저질렀는지 나중에 밝혀지겠지."

곡계굴 주위 수수밭에 더는 늑대의 그림자도 울음소리도 들리지 않았다. 진규도 그제야 집으로 돌아와 잠을 청했다.

진규는 날이 밝기를 기다렸다가 무너져 내린 헛간의 흙을 뒤져서 삽과 괭이를 찾아서 들고 나섰다.

'어디에 무덤을 만들면 좋을까?'

선산은 멀고 험하기도 하지만 시신을 떠메고 눈길을 올라가기 어려웠다. 땅은 얼어 있었고, 마땅한 장소도 없었다. 아무래도 집과 가까이 있는 산자락 수수밭에 묻어야 할 것 같았다. 진규는 곡괭이로 땅을 파기 시작했다. 땅이 땡땡 얼어서 곡괭이가 튀어나갈 지경이었다.

"진규야, 식구들 묻을 거냐?"

성식이 어머니가 가까이 다가오며 물었다. 성식이 어머니는 피난길에 길이 막혀서 마을로 되돌아왔다. 그 뒤로 곡계굴에 들어간 게 식구들을 모두 잃는 계기가 되어버렸다. 진규는 불과 며칠 전에 피난길에 되돌아왔다고 말하며 싱긋 웃던 성식이 얼굴이 떠올랐다.

"늑대가 자꾸 돌아다녀서 묻어야 될 것 같아요."

"그려. 나도 우리 식구들 무덤이라도 만들어줘야 하는데……."

"우리 식구들 묻어놓고 도와드릴게요."

"아이고, 너도 정신이 하나도 없을 건데 도와줄 거냐? 내 혼자 힘으로는 언 땅을 파는 것도 힘들고, 아무래도 사람들 도움받아서 시신을 옮겨야 될 것 같구나."

"어디에 묻을 거예요?"

"그냥 산자락에 묻어야지."

성식이 어머니도 산짐승에게 식구들을 빼앗기지 않으려고 우선 땅에 묻기 바쁜 것 같았다.

땅이 땡땡 얼어서 이틀 꼬박 걸려서 구덩이를 팠다. 짐승들이 땅을 파지 못하게 하려면 구덩이를 깊이 파야 했던 것이다. 진규는 사람들 도움으로 어머니 시신을 먼저 들것으로 옮겨서 땅속에 넣었다. 굴속에 있는 아버지 시신을 가져와 어머니 옆에 나란히 눕히고, 그다음은 집 뒤란 방공호에 있는 분희를 어머니 옆에 누였다.

"어머니, 아버지, 죄송해요."

세상에 더없는 몹쓸 자식이 되어버렸다. 억울하게 죽임을 당했는데도 꽃상여 태워서 보내주지도 못하고, 언 땅에 구덩이를 파고 묻어둔 불효가 컸다. 진규는 날이 풀리면 산소를 제대로 만들어야겠다고 다짐을 했다.

"분희야, 미안해. 이 오빠가 못나서 어린 널 살리지 못했구나."

진규는 분희의 노랫소리가 귀에 쟁쟁했다. 품에 안았던 동생의 따뜻한 체온이 지금도 느껴지는 듯했다.

"어머니, 진배는 어디 있나요?"

진배를 찾지 못한 게 내내 가슴을 옥죄었다. 살아 있기나 한 걸까. 이틀 동안 언 땅을 판다고 굴속을 다시 살펴보지 않은 게 마음에 걸렸다. 어쩌면 시신만 가득 찬 죽음의 굴로 발을 들여놓는 게 죽기보다 더 끔찍했는지도 모른다. 처음에는 굴속이 공동묘지인 줄도 몰랐고, 식구들을 찾으러 들어가느라 이것저것 생각해볼 겨를도 없었다. 하지만 한 번, 두 번, 여러 번 들어가면서 아버지와 어머니를 찾고, 밖으로 옮기고 나자 굴속을 쳐다보는 것조차 힘겨웠다. 진배를 찾아야 하는데⋯⋯. 진배가 살아 있는지 죽었는지조차 알 수 없는데⋯⋯. 내일은 어떻게든 진배를 찾으러 다시 굴속으로 들어가야 했다. 아직 무덤도 만들어주지 못한 큰댁 식구들을 묻는 것도 진규의 몫이었다. 큰댁 식구들은 아무도 살아남지 못했던 것이다.

진규는 삽과 괭이를 챙겨서 집으로 향했다. 동네 아주머니가 손에 밥그릇을 들고 걸어오고 있었다. 진규가 물끄러미 보자 아주머니는 한 손으로 눈물과 콧물을 훔치면서 곡계굴 쪽으로 고개를 돌렸다.

"보리밥이라도 해서 굴 앞에 갖다 놓아야겠구나."

"왜요?"

마을 대부분이 집이 불타고 곡식을 구하기도 힘든 마당에 뜬금없이 보리밥을 굴 앞에 갖다 놓는다는 게 이해가 가지 않았다.

"우리 식구들도 저 굴속에 있잖아. 저승길에 배고프면 더 서러울까 봐서 보리밥 한 그릇 굴 앞에 갖다 놓으려고."

진규는 가슴이 먹먹하고 목구멍이 뜨겁게 달아올랐다. 살고 죽는 게 다른 것이 아니라 하나였다. 지옥과 천당도 한 몸이고, 삶과 죽음도 한 몸이고, 희망과 절망도 한 몸이었다. 진규는 부모님을 땅에 묻고 잿밥 한 그릇도 올리지 못한 게 목에 가시처럼 걸려서 마음이 무거웠다. 그런데도 아주머니가 남기고 간 구수한 보리밥 냄새에 군침이 입안에 가득 고이고, 뱃속이 꼬르륵거렸다. 며칠 동안 밥 구경도 해보지 못했는데, 냄새만 잔뜩 풍기고 종종걸음으로 사라져가는 아주머니의 뒷모습을 보면서 야속하다는 생각마저 들었다.

집으로 돌아왔지만 무엇을 해야 할지 몰랐다. 뒤란 방공호에 눕혀두었던 분희도 부모님과 함께 산자락에 묻어서 동생의 시신마

저 없는 불탄 집은 더 을씨년스러웠다.

해가 지고 나자 산 위에서 찬기를 잔뜩 머금은 바람이 마을 곳곳을 세차게 휘감아 돌았다. 눈보라가 그친 자리에는 불탄 나무 조각이며 초가지붕의 재가 회오리바람처럼 휘날렸다.

진규는 누가 이런 몹쓸 짓을 했는지 몰랐다. 면사무소도 벌써 피난을 떠나고, 누구 하나 식구들을 죽음으로 몰고 마을을 불태웠는지 아는 사람이 없었다. 귀신이 곡할 노릇이었다. 진규는 자신도 언제 죽을지 모르지만 누가 이런 짓을 한지는 알고 죽어야 할 것 같았다.

'우리는 나라한테 버림받은 거야!'

진규는 마음이 갈팡질팡했다. 차라리 마을을 떠나버릴까 하는 생각도 들었다. 그러나 어디에서 무슨 꼴을 당한지도 모르는 진배를 내버려 두고 떠날 수는 없었다. 왜 미리 피난을 안 떠났는지 돌아가신 아버지도 원망스러웠다. 아버지가 조금만 고집을 덜 부렸으면, 폭격을 당하기 전에 마을을 떠나 피난길에 오르는 건데. 진규는 그런 생각에 안타까워하다 진수 형이 떠올랐다. 전쟁터에 나간 진수 형이 돌아올 때까지는 식구들이 집에서 기다리는 게 도리라고 귀에 못이 박히도록 들었던 것이다.

이런 와중에도 며칠이 지나니까 조금씩 제정신이 드는지 당장 처리해야 할 일이 이것저것 떠올랐다. 마냥 넋 놓고 있다고 모든 일이 해결되지는 않는다. 이제 누구 도움의 손길을 받을 수도 없었다.

전쟁이 일어나기 전 마을 인심처럼 서로 이웃의 어려운 처지를 돌보거나 거들어줄 상황이 아니었다. 자기 몸 하나 추스르기도 힘겹고 고통스러웠다. 아직 식구들의 시신을 찾지 못한 사람들이 대부분이고, 눈으로 봤다고 해도 땅에 묻지도 못하는 상황이었다.

진규는 식구들을 따라서 죽지 않을 바에야 정신을 차려야 했다. 살아남으려면 마냥 손 놓고 세상만 원망하면서 세월을 흘려보낼 수는 없었다. 짚으로 엮은 초가지붕은 힘없이 주저앉고, 흙과 짚을 섞어 쌓은 벽은 무너져 집 안의 물건들이 흙더미에 묻혀버렸다.

진규는 무너진 흙벽과 타다 남은 지붕이며 서까래를 하나씩 들추어냈다. 마치 소풍 가서 보물찾기를 하듯이 성한 물건을 하나씩 찾아냈다. 종이로 된 책과 교복은 흔적도 없이 타버리고, 이불과 옷은 한 귀퉁이만 남고 재로 변해버렸다. 교복과 교모와 책가방이 없어지니까 미래도 꿈도 함께 불타버린 것 같았다. 안방에 담요로 덮어두고 아침 끼니로 삶아 먹던 고구마는 반쯤은 불이 타고, 그나마 남은 고구마는 눈바람을 맞으면서 썩어버렸다. 불에 타지 않는 그릇과 화로는 온전히 남아 있었다.

진규는 화로를 꺼내서 한쪽에 챙겨두었다. 오늘 저녁부터는 방공호에서 자는 게 차라리 추워도 마음은 편할 것 같았다. 불씨를 만들어 방공호 속에 가지고 들어가면 찬기를 조금은 물리칠 수 있을 것이다. 어머니가 방공호 속에서는 화롯불을 피우지 못하게 했던 것이 떠올랐다. 가스가 차면 숨이 막혀 죽을지도 모른다고.

진규는 막다른 길에 이르러 더는 어찌해 볼 수 없는 절박한 상황에 몰리자, 이판사판이라는 배짱이 생겼다.

안채를 대충 뒤지고 나서야 헛간으로 갔다. 헛간에는 가을에 추수한 곡식을 저장해두었는데, 그곳 역시 나무판자로 지어서 불에 타버렸다. 이 겨울에 양식이 없으면 폭격 속에 살아남아도 죽은 목숨이나 마찬가지이다. 운이 좋으면 타지 않은 곡식을 찾을지도 몰랐다.

숯이 된 나무판자 쪼가리를 들어 올리자 무엇인가 와르르 쏟아져 내렸다. 순간, 눈이 번쩍 뜨였다. 반쯤 탄 가마니 속에 보리쌀이 들어 있었던 것이다. 가을에 수확해서 자루에 담아놓은 수수도 반쯤 탄 채 남아 있었다.

진규는 허겁지겁 보리쌀을 한 움큼 집어서 입에 넣은 채 우물우물 씹으면서 침으로 불려 먹었다. 생 보리쌀과 불에 탄 보리쌀이 뒤섞여 있었지만 목구멍에서 술술 넘어갔다. 그동안 땅속에 묻어두었던 배추와 무를 계속 먹다 보니까 속이 쓰리고 설사가 났던 것이다.

주위를 둘러보면서 가마니나 자루를 찾았지만 불에 타기 쉬운 재질이어서 그런지 남아 있지 않았다. 다시 부엌 쪽 흙더미를 뒤져서 솥과 대야를 찾아냈다. 헛간에 있는 곡식이 밤이슬이나 눈에 젖지 않게 얼른 물기가 없는 곳으로 옮겨야 했다.

보리쌀을 거두면서 탄 보리쌀도 따로 담아두었다. 그리고 불에 탄 콩과 수수도 챙기고, 땡땡 얼은 홍시도 찾아냈다. 멀쩡한 수수는 봄에 밭에 뿌릴지도 모르니까 따로 챙겨놓았다. 전쟁 중이라서 다른 해보다 겨울 양식 준비를 많이 못했지만, 그래도 가을에 한겨울 식량을 저장해둔 게 얼마나 다행인지 몰랐다.

'사람이 살아 있으면 굶어죽으란 법은 없구먼.'

그래서 어머니가 보릿고개 시절이 되면 '산목숨에 거미줄 치겠냐.' 하면서 배고픈 시절만 넘기면 된다고 했던 것이다. 아버지는 '사람은 태어날 때 지 밥그릇은 다 들고 나오는구먼.' 하면서 태평스럽게 웃어넘겼다. 부모님이 그런 말씀을 할 때는 괜히 하는 말이라고 여겼는데. 막상 굶어 죽게 되다 보니 실감을 할 수 있었다.

진배가 살아 있으면 함께 겨울을 지내야 하는 양식이었다. 진규는 도둑이라도 맞을까 봐서 양식을 뒤란 방공호로 가지고 갔다. 그러고는 앞마당 장독대 옆에 파 둔 방공호에 찬기를 막아 줄 멍석과 이불을 옮겨놓았다.

어둠이 내리자 진규는 보리쌀 한 움큼을 쥐고 보금자리로 만들어둔 방공호 속으로 기어들어 갔다. 어제보다도 오늘이 공기 한 줌만큼의 삶의 희망이 깃들었다.

삶의 희망이 조금 생기자 멍석을 깔고 이불을 덮었는데도 한기가 뼛속까지 찌르듯이 파고들었다. 버틸 수 있는 데까지 방공호에 화롯불을 피우지 않으려고 했지만 견딜 수가 없었다.

밤에 불빛이 보이면 또 누군가가 와서 폭격을 해댈지 모른다는 불안감에 가슴이 떨렸지만, 이래 죽어도 저래 죽어도 마찬가지라는 생각이 들었다. 집이 무너지고 숯이 된 나무 기둥이나 다른 숯 조각은 화롯불을 피우는 데 알맞았다. 불길이 사방으로 번져나가지 않게 담벼락 아래서 불을 피웠다. 은은하게 타오른 숯불을 화로에 담아 방공호로 가지고 들어갔다. 땅속에서 찬기만 뿜어내던 공간에 불기운이 들어오자 마음이 먼저 따뜻해져왔다. 불길 때문에 식구들이 굴속에서 죽음을 맞이하고, 수백 명의 동네 사람들과 피난민들이 죽었는데. 그 불이 지금은 진규의 얼음장 같은 몸과 마음을 따스한 온기로 어루만져 주었다.

평생 불은 피우고 싶지 않을 것 같았는데. 결국 며칠 사이에 진규는 불길을 찾았고, 그 불길에 마음을 기대고 있는 자신을 문득 발견했다. 하지만 오랫동안 화롯불을 곁에 둘 수는 없었다. 눈이 맵고 숨을 제대로 쉴 수가 없었다. 살아남은 사람들 말처럼 동굴 깊숙이 숨어 있던 사람들은 불길을 직접 받지는 않았지만, 유독가스와 연기 때문에 질식했을 것이다. 이 작은 화롯불에도 오랫동안 견디기 힘들었다.

화롯불을 밖에다가 내놓고서 다시 찬기를 받아들였다. 차라리 동네 사랑채에 기어들어 갈까 하는 마음이 굴뚝같았다. 그러나 집을 잃은 사람들이 꾸역꾸역 밀려들어서 서로의 몸을 딱 붙이고 지내는 것도 고통스러웠다.

내일부터 진배를 찾으러 다시 지옥 같은 그 곡계굴로 들어가야 했다. 진배가 어디에 있는지도 모른 채 그냥 내버려 둘 수는 없는 노릇이었다. 진규는 추위 때문에 깊은 잠을 잘 수가 없었다. 만약 깊은 잠에 빠졌다면 오히려 추위에 얼어 죽었을지도 몰랐다.

밤새도록 꿈인지 생시인지 모르게 어디에선가 노래를 부르는 소리가 들려왔다. 마치 어릴 적에 어머니가 불러주는 자장가 같기도 하고, 분희가 부르는 노래 같기도 했다.

푸른 새벽이 밝아왔을 때, 방공호에서 나오자마자 다시 불을 피웠다. 이제 불길과 연기를 하늘로 피워 올리면 폭격을 당할 수 있다고 두려워했던 마음이 조금은 가셨다.

아침 해가 떠오르는 걸 지켜보던 진규는 한동안 두 눈에 힘을 모아서 태양의 기운을 온몸으로 받아들였다. 그러면 우울하고 절망으로 치닫던 마음이 조금씩 녹아버리는 것 같았다. 기운을 차려야 진배를 찾을 수 있으니까.

진배를 찾으러 곡계굴로 갔다. 동네 사내아이 두 명이 시커멓게 덩어리진 물건들을 뒤적이고 있었다. 그날 이후, 여태껏 보이지 않았던 녀석들인데 용케도 살아남아 있었던 모양이다.

"너희들 거기서 뭐 하는 거냐?"

"먹을 거 찾아."

"먹을 게 어디 있다고 냄새 나는 걸 뒤적거리는 거야?"

"불에 타서 익은 것도 있어."

진규는 기가 막혔다. 수많은 목숨들을 빼앗아간 불길이 사라진 자리에서 먹을 걸 구하다니. 하지만 충분히 이해가 갔다. 자신도 불에 타고 남은 집을 뒤적이면서 먹을 걸 모아놓지 않았는가. 열 살도 안 된 저 아이들이 살아남기 위해서 저런 생각을 해낸 게 기특하기보다는 마음 아팠다. 어린 나이에도 본능적으로 살길을 찾아 나선 것이다.

"좀 찾았냐?"

"다 탔어. 에이, 굴속에 들어가 봐야겠다."

"너희들이 거길 왜 들어가? 무섭지도 않아?"

진규는 화들짝 놀랐다. 아이들이 먹을 걸 구하러 죽음으로 가득 찬 굴속에 들어간다는 것이다.

"굴속에는 불이 안 붙었잖아. 사람들이 연기 때문에 죽어서 먹을 건 있을 거야."

진규는 말리지도 못했다. 아이들 말을 듣고 보니 굴 안쪽에는 불길이 닿지 않았고, 사람들은 연기에 질식해서 죽었다. 그러니 동네 사람들이 갖다 놓은 양식이며, 피난민들 보따리에는 먹을 게 있을지도 몰랐다.

이 겨울에 얼어 죽거나 굶어 죽지 않으려면 무엇이라도 찾아내야 했다.

"나하고 같이 들어가자. 내 동생 찾아야 해. 너희들 진배 못 봤냐?"

"형아, 아직 진배 못 찾았어?"

"지금 찾고 있잖아. 오늘은 꼭 찾을 거야."

진규는 굴로 들어가는 입구에 놓인 빈 밥그릇을 보았다. 동네 아주머니가 죽은 식구들을 위해서 갖다 놓은 밥그릇을 벌써 누가 먹어치우고는 빈 그릇만 내버려 두었다. 누군가가 주린 배를 채웠을 것이다.

진규가 먼저 굴속에 발을 들여놓으니까 뒤따르던 녀석들이 겁을 먹으면서도 따라 들어왔다. 그래도 불이 꺼지고 나니까 밖에서 불어 들어간 바람 때문에 한결 숨 쉬기가 나았다.

진규는 아이들이 죽은 사람들의 양식을 가져가지 못하게 말릴 수가 없었다. 누가 내일을 장담할 수 있겠는가. 눈앞에 죽음이 도사리고 있는 줄도 모르고, 전쟁이 끝나기만 하면 학교에 돌아가리라 꿈을 꾸었다. 이제 그 꿈은 저 멀리 사라져버리고, 당장 동생의 시신을 찾으러 죽음을 헤집고 다니는 처참한 현실에 놓여 있었다.

"형아, 냄새가 나서 토할 것 같아."

녀석들은 기세 좋게 따라 들어왔다가 금세 투정을 부렸다. 진규는 짜증이 났다. 진배 또래의 저 아이들은 용케도 폭격을 피해서 살아 있는데, 동생은 시신도 찾을 수 없다니. 그런 진규의 심정도 모르고 녀석들은 계속 투덜거리면서도 거머리처럼 찰싹 붙어 다녔다. 진규가 동생을 찾기 위해 시신을 뒤적이고 다니면, 이 녀석들은 먹을 것을 구하러 가방과 보따리를 뒤적거렸다. 그러나 생각만큼 양식이 나오지 않아서 실망스러운지 연신 툴툴거렸다.

"나는 진배 찾아야 하니까 너희들은 저 안쪽으로 들어가서 찾아봐. 혹시 진배 찾으면 나한테 말해줘야 해."

진규는 아직 어린 녀석들이 굶어 죽지 않겠다고 먹을 걸 찾는데 차마 화를 낼 수 없었다. 굴 입구에서부터 직선 길은 사람이며 피난민들 보따리가 대부분 불에 탔지만, 모퉁이로 돌아가서 안쪽으로는 불길이 닿지 않아 겉모습은 멀쩡했다. 녀석들도 눈치를 챘는지 안쪽으로 걸어가서 피난민들 보따리를 뒤적이다가 환호성을 질렀다.

"어라, 여기 봐! 쌀이 있어!"

녀석들이 금덩어리라도 주운 양 함성을 질렀다. 진규는 자신도 모르게 버럭 소리를 질렀다.

"야! 너희들이 쌀 찾았다고 좋아할 때냐!"

"……."

"억울하게 죽은 사람들한테 미안하지도 않아?"

"배고픈데 어떡해."

녀석들이 더 억울해하면서 소리를 꽥 질렀다. 진규는 가슴이 무너지는 것 같았다. 동생을 찾지 못한 화풀이를 괜히 아이들한테 하는 못난 동네 형이 되어버린 것이다.

"조심해라. 무슨 일이 일어날지 몰라."

진규는 변명처럼 말하고는 계속 시신을 뒤적거리며 동생을 찾았다. 굴 밖에 있었으면 살아남았을 텐데. 그러면 집이라도 찾아왔을 텐데 왜 눈에 띄지 않는지 모를 일이다. 그러다가 문득 굴 밖에 사람이 보이면 무작정 기관총을 쏘아대던 일이 떠올랐다. 혹시 굴 밖에서 총에 맞아 죽은 건 아닐까. 어쩌면 다쳐서 꼼짝도 못 하고 형이 찾아오길 눈이 빠지게 기다리고 있는지 몰랐다.

그런 생각이 미치자 진규는 마음이 급했다. 속도를 내서 시신들을 훑어가다가 식구들의 보금자리였던 곳까지 갔다. 찬기를 막아주려고 깔아둔 멍석이 그대로 있었다. 진규는 온기가 싸늘하게 식어버린 멍석에 앉아서 참았던 분노를 토해냈다.

"도대체 누가 우리한테 이런 몹쓸 짓을 했대! 누가 우리 식구들을 죽인 거야!"

진규는 수백 명의 사람들을 학살한 상대가 누구인지 아직 몰랐다. 동네 밖으로 나가는 것도 두렵고, 바깥 동네에서 찾아오는 사람도 없었다. 국군도, 인민군도, 연합군도, 중공군도, 미군도 보이지 않았다.

누구든 마을에 들어오면 물어볼 텐데. 전쟁이 어떻게 돌아가고, 바깥 동네에서는 무슨 일이 일어나는지 소식이라도 들을 텐데. 아무도 길을 막거나 붙잡지 않는데, 무덤과 폐허로 변해버린 마을에서 한 발자국도 벗어날 수가 없었다.

굴 밖으로 나온 진규는 산과 마을을 뒤지고 다녔다. 산속에서도 총을 맞아 죽은 사람들이 드문드문 있었고, 마을 산자락에도 시신들이 널려 있었다. 그런데도 진배는 보이지 않았다. 땅으로 꺼졌는지 하늘로 솟았는지 도무지 찾을 수가 없었다.

오후에 성식이 어머니가 산자락에 땅을 파고 있었다. 땅이 얼어 혼자서는 하루 종일 파도 일마 파지 못한다며 한숨을 쉬었다. 진규는 성식이 어머니를 도와서 땅을 더 깊숙하게 팠다. 어차피 식구들을 한 구덩이에 묻어야 했다.

"이만하면 됐어요?"

진규는 이마에 흐르는 땀을 손등으로 훔치며 물었다.

"짐승들이 파헤치지 않을 정도면 괜찮겠지. 고생했어."

성식이 어머니 목소리에 서러움의 물기가 축축하게 묻어났다. 금방이라도 울음이 터질 것 같아서 진규는 애써 외면했다.

"이제 옮겨야겠어요. 다른 사람들 도움을 받아서 해요."

성식이네 식구들은 굴 안에 있었다. 진규는 마을 사람들과 만들어놓은 들것을 들고 성식이 어머니와 함께 시신을 날랐다. 시신 하나씩 구덩이에 들어갈 때마다 성식이 어머니는 '억울하고 원통해서 어떡해!' 하면서 곡을 했다. 성식이 시신을 마지막으로 구덩이에 넣을 때는 '불쌍한 내 새끼, 한창나이에 저승길이라니……' 하면서 울음소리가 더 커졌다. 동무인 진규는 살아 있는데 아들은 죽었으니까 더 애가 타는 듯했다. 진규도 그 마음을 아니까 눈물이 멈출 때까지 옆에서 지켜보기만 했다.

"나 혼자 살아서 뭐 하냐, 응! 나 혼자 살아서 뭐 해!"

성식이 어머니 절규는 그칠 줄을 몰랐다. 성식이가 맏아들이고 아래로 동생들이 셋이나 되었다. 그런데 모두 죽임을 당했다. 진규도 피곤하고 지쳐서 더는 버틸 힘이 없었다. 성식이 어머니를 그대로 두면 밤새도록 무덤 옆에서 울기만 할 것 같았다.

"집으로 돌아가요."

"아무리 울어도 죽은 사람이 살아서 돌아오지 않고, 내가 무슨 희망으로 세상을 살겠냐."

성식이 어머니 한탄이 끝이 없었다. 진규는 그만 지쳐 혼자 집으로 돌아왔다.

전투기 폭격을 맞은 지 벌써 일주일이 되었다. 눈 깜짝할 사이에 벌써 일주일이라니. 식구들을 죽음의 세상으로 보내놓고 시간이 그렇게나 흘렀는지도 몰랐다. 진규는 정신을 차릴 겨를도 없이 시간이 후딱 지나간 듯해서 서글펐다. 문득, 정신을 차리고 보니 전쟁터에 나간 형과 시신도 찾지 못한 진배를 빼놓고서 부모님과 분희를 땅에 묻었다. 이승과 저승이 얼마나 가까운 거리였는지 비로소 깨달았다.

8. 카메라를 든 미군들

동네 아이들 셋이서 곡계굴 주위와 산과 마을을 돌아다니면서 탄피를 주웠다. 진규는 사람들을 죽인 탄피를 줍고 다니는 아이들에게 야단을 쳤다.

"그 끔찍한 것을 왜 줍고 다니냐?"

"모아놓으면 좋다고 하던데……."

아이들은 별로 무서워하지도 상관하지도 않았다. 부모들이 죽고, 식구들 대부분이 굴속에서 죽음을 맞이했는데도 탄피를 모으고 다녔던 것이다.

"형아, 이거 모아놓으면 나중에 돈이 된대. 다른 마을 사람들이 주워서 모아놓으라고 하네."

"엿 바꿔 먹을 거야."

진규는 천진난만하게 말하는 아이들이 어처구니없어 헛웃음이 터져 나왔다. 처음에는 아이들 행동에 속상하고 분노도 했지만, 이제 익숙해진 것일까. 아니면 저 아이들이 왜 저런 행동과 말을 하는지 충분히 이해할 수 있기 때문일까. 진규도 저 아이들과 별반 다를 게 없었다.

식구들이 모두 죽고 혼자 달랑 살아남아서 이 한겨울을 지내야 하는 처지였다. 집도 불에 타고 차디찬 땅속에 지어놓은 방공호에서, 남의 집 사랑방에서 추위를 쫓으면서 날밤을 지새우지 않는가. 그나마 불탄 흙더미 속에서 반쯤 남은 곡식을 구할 수 있어서 굶어 죽지는 않을 수 있었다.

"조심해라. 폭탄이 터질 수도 있어."

"형은 탄피 안 주워?"

"난 싫어."

진규는 손사래를 쳤다. 아이들과 이야기를 나누고 있는데 갑자기 곡계굴 위로 헬리콥터 한 대가 날아왔다. 헬리콥터는 돌풍을 일으키면서 머리 위를 빙빙 돌았다.

"얘들아, 빨리 피해!"

진규는 아이들을 데리고 산자락으로 부리나케 도망쳤다. 또 폭격이 쏟아질 것 같았다. 그런데 헬리콥터가 시신들이 널브러져 있는 수수밭에 내려앉았다.

"기관총을 쏠지 몰라."

진규는 아이들과 함께 땅바닥에 바짝 엎드렸다. 들키면 무슨 험한 꼴을 당할지 모를 일이었다.

헬리콥터에서 두 사람이 내렸다.

"누구지? 이상하게 생겼어."

아이들은 무서워하면서도 엎드린 채 고개를 살포시 들고 낯선 사람들을 살펴보았다. 진규는 마을 사람들과 생김새가 다른 저들이 미군이라는 걸 단번에 알았다. 아직 중공군과 연합군을 보지는 못했지만 몇 번 보았던 미군들 모습 같았다. 그들은 진규 일행을 발견하고는 뭐라고 말을 하는데, 학교에서 들은 영어를 사용했다.

"우리한테 총을 쏘지는 않을 거야."

그들이 손에 쥐고 있는 것은 사진기였다. 왜 저 사람들이 사진기를 들고 헬리콥터에서 내리는지 이상해서 가만히 지켜보았다. 그런데 두 녀석이 느닷없이 벌떡 일어나 미군들에게 다가가 손을 내밀었다.

"기브 미 껌."

"기브 미 초콜렛."

진규는 순간 머리가 돌 지경이었다.

"그런 말 하면 못써. 너희들이 거지냐, 응!"

읍내에서 미군들이 지나가면 아이들이 손을 내밀면서 저런 말을 하는 게 유행이었다. 미군들이 트럭을 타고 가다가 껌이나 초콜릿을 던져주었다. 그러면 아이들이 우르르 달려들어 서로 주워 먹으려고 아우성을 쳤던 것이다.

미군들은 호주머니에서 껌을 던져주었다. 아이들이 껌을 주워 서로 나누었다.

"형아도 하나 먹어."

진규는 손사래를 쳤다. 미군들이 손에 쥐여주는 것도 아니고, 땅바닥에 던져주는 걸 동네 동생들이 주워 먹는 게 자존심 상했다. 외국 군인들을 보면 어쩔 수 없이 저자세로 겁을 먹고 움츠러드는 자신도 부끄러웠다.

'미군들이 왜 여기 왔을까?'

곡계굴 앞에 폭탄을 터뜨리고, 도망치는 사람들을 향해 기관총을 쏜 게 저 군복을 입은 군대가 아닐까 하는 의심이 들었다. 자신들이 벌인 범행을 확인하러 온 건지도 몰랐다.

미군들은 진규를 흘깃 보다가는 곡계굴을 향해 '찰칵 찰칵 찰칵.' 소리를 내면서 사진을 찍었다. 굴 주위, 수수밭에 널브러져 있는 시신들도 사진에 담았다. 그러고는 안을 기웃거리다가 굴속으로 들어가지 않는가. 진규는 굴 앞으로 다가가 미군들의 행동을 지켜보았다.

굴 안으로 들어간 미군들은 계속 사진을 찍더니 한참 지나서야 나왔다. 밖으로 나오면서 한 명이 눈물을 흘렸다. 저들도 슬픔을 느낄 줄 아는 사람일까.

진규는 미군들이 얼어붙은 개울을 따라 길모퉁이를 돌아서 마을 쪽으로 가는 걸 지켜보다가, 이윽고 굴 쪽으로 눈길을 돌렸다. 동생을 찾으러 다시 굴속에 들어가려다가 도저히 마음이 내키지 않았다. 날이 갈수록 굴속으로 들어가는 게 더 힘겨웠다. 남아 있는 시신들이 썩어가는지 속을 뒤집듯이 퀴퀴한 냄새가 코를 찔렀다. 아직도 굴에 고여 있는 매연과 유독가스와 시신 썩는 냄새가 뒤엉켜 목구멍에서 숨이 턱턱 막히고 속이 뒤집힐 것 같았다. 하지만 더 견디기 힘든 건 괴기하고 흉흉한 분위기였다. 무엇보다 미군 둘이 사진을 찍고 간 게 진규의 마음을 다시 소용돌이치게 만들었다.

'사람들을 몰살시켜 놓고 사진을 찍다니!'

그래도 진규는 마음을 다잡고 굴속으로 들어갔다. 자신도 모르는 사이에 진배의 죽음을 가슴으로 받아들였을까. 아니면 얼른 도망치고 싶어서일까. 이제 시신들을 샅샅이 뒤지지 않고, 대충 눈으로 훑어갔다. 시신 썩는 냄새에 구역질이 나고 숨을 쉴 수가 없었다. 진규는 진저리가 나서 쫓기듯 굴속을 뛰쳐나왔다.

살아남은 사람들은 삼삼오오 모여서 분통을 터뜨렸다.

"썩을 놈들, 우리한테 무슨 원한이 있다고 죄다 죽이는 거여?"

"우리나라가 힘이 없으니까 이런 꼴을 당하고도 말 한마디 못하고……."

마을 사람들은 분통을 터뜨렸지만 결국은 넋두리로 끝나고 말았다. 이 모든 게 전쟁 때문이라고 말하면서도 언제 전쟁이 끝나는지, 어떻게 전쟁을 끝내야 하는지 알지 못했다. 오늘 당장 어떻게 살아야 할지도 모르고, 어떻게 견뎌나갈지도 아득했다.

곡계굴에 모여 있던 사람들은 해가 지고 나자 또 뿔뿔이 흩어졌다. 진규는 집으로 돌아오자마자 방공호 속으로 들어갔다. 날마다 눈을 뜨면 밖으로 나가 한 바퀴 휘 둘러보다가 곡계굴을 기웃거리고는 집으로 돌아와 방공호에 들어가는 게 일상이었다. 겨울잠을 자는 짐승처럼 굴속을 찾아 들어갔던 것이다.

시간이 지나면서 마을이 불바다로 변한 소식은 바깥으로 퍼져나갔다. 그러자 이웃 동네나 주민들, 마을에 친척이 있는 사람들이 소식을 듣고 하나둘씩 찾아들었다. 진규한테도 읍내에 사는 친척 아주머니가 찾아왔다.

"진규야, 식구들은 괜찮냐?"

아주머니는 많이 놀란 듯 진규를 보며 입술을 달달 떨었다. 전쟁 중에 아주머니가 찾아온 게 더 놀라웠다.

"곡계굴에 들어간 사람들이 몰살을 당했다는 소문이 진짜야?"

"예."

"아이고, 헛소문이 아니었구먼."

진규는 자신만 살아남은 게 죄가 되었다. 더할 수 없이 불효를 저지르고 동생들한테는 의리도 없는 형제가 되어버렸다.

"설마⋯⋯⋯ 설마⋯⋯ 아이고, 아이고!"

아주머니는 땅바닥에 풀썩 주저앉았다. 주먹으로 땅을 치며 울부짖던 아주머니는 진규를 붙잡고 또 한탄을 했다.

"큰집 식구들은 다 죽었어요. 굴속에 모여 있다가⋯⋯."

"세상에! 세상에 무슨 이런 변고가 다 있냐!"

아주머니의 한탄은 계속 이어졌다.

"읍내도 불 질러서 생지옥이여. 근데 여기는 아예 공동묘지가 되어버렸구먼."

"아저씨와 누나들은 무사해요?"

"아저씨는 지게부대에 동원돼서 새벽에 나갔다가 어두워져서야 오는구먼. 군인들 전쟁하는데 물자 나르고, 막일도 도와주고 골병이 들었어. 네 누나들은 시집갔으니까 어떻게 사는지 모르지. 전쟁 중에 소식을 들을 수 있어야지."

아주머니는 한숨을 토해냈다. 그러고는 더는 눈물이 나오지 않는지 벌떡 일어나 목청을 가다듬고는 진규 손을 잡았다.

"진규야, 이왕 이렇게 된 거 어떡하냐. 모쪼록 마음 굳세게 먹고 살아야지."

"진수 형이 돌아올 때까지는 기다려야 해요."

"그려. 진수가 알면 얼마나 기가 막힐 노릇이냐."

아주머니는 곡계굴 쪽으로 함께 가보자며 진규를 앞세웠다.

"산자락에 묻었어요. 굴속에 들어가는 건 어려워요. 냄새가 나서……."

"여기까지 왔는데 절이라도 올려야 사람의 도리가 아니겠냐."

진규는 끔찍한 그곳으로 가기 싫었다. 하지만 마을 밖에서 소문을 듣고 찾아온 사람들은 먼저 곡계굴 쪽으로 올라갔다. 하지만 굴 앞에만 가도 모두 코를 싸매 쥐면서 달아나기 바빴다. 무엇보다도 역한 냄새와 그 기괴한 분위기에 짓눌려서 굴속으로 들어가는 건 엄두도 내지 못했던 것이다.

아주머니는 멀찌감치 서서 눈밭 위에 널려 있는 시신들과 굴 앞에 타다 남은 온갖 잡동사니를 보고 벌린 입을 다물지 못했다.

"세상에, 소문만 들었지 설마 이 정도일 줄이야."

"불길이 안 잡혔을 적에는 냄새가 나서 가까이 가기도 힘들었어요."

"저건 무슨 통이여? 여긴 더 많이 있네."

곡계굴 주변에 모여 있는 드럼통을 보고 물었다. 진규는 불길과 지독한 유독가스를 풍기면서 이글이글 타오르던 저 기름통이 무엇인지 몰랐다. 마을 밖에서 온 사람들에게 물어봐도 뭔지 아무도 몰랐다.

"저게 전투기에서 떨어졌어요. 저게 불을 내서 굴속에 피난해 있던 사람들이 다 죽었어요."

"저 흉측한 물건을 왜 쏟아붓고 난리야! 대체 저게 뭔 물건이여?"

아주머니가 가까이 다가가 드럼통 안을 살폈다. 며칠 동안 불길과 유독가스를 내뿜던 드럼통은 이제 싸늘하게 식어서 시커먼 덩어리로 남아 있었다.

아주머니는 굴 앞과 굴과 이어진 개울, 수수밭, 산자락을 이리저리 살펴보았다. 마치 친척들을 죽인 범인을 찾듯이 성난 얼굴로 중얼거리면서 저주를 퍼부었다. 진규는 아주머니가 무슨 말을 하는지 제대로 듣지는 못했지만 아마도 이 세상에 존재하는 모든 저주를 퍼붓는 듯했다.

아주머니는 굴 안을 살피더니 들어가기 망설이는 눈치였다.

"들어가지 마세요. 시신으로 가득 찼어요."

"진배는 못 찾았어? 아이고, 그 어린것이 세상 제대로 살아보지도 못하고 전쟁 때문에 한 많은 세상을 떠났구먼. 불쌍해서 어떡하냐, 응?"

"……."

"아이고, 저 한 많은 목숨들 불쌍해서 어떡하냐! 눈이라도 감고 저승길 떠났는지…… 구천을 떠돌면서 저 원통함을 어떻게 갚을지……."

진규는 울컥했지만 입술을 다물고 참았다. 안 그러면 눈물이 쏟아질 것 같았다. 다른 사람들이 보는 앞에서 눈물을 흘리는 게 싫었다. 마음이 약해지면 금방 무너지고, 그러면 형이 돌아올 때까지 기다리지 못하고, 진배를 찾지 못하고 죽을 것 같았다.

"식구들은 어디다 묻었냐?"

아주머니는 고개를 돌렸다.

"저기…… 산자락에 그냥 묻었어요."

"큰댁 식구들은?"

"아직 굴속에 있어요. 사람들이 자기 식구들 묻는 게 바빠서 꺼내지 못했어요. 곧 해야 할 텐데……."

진규는 큰댁 식구들을 그대로 둔 게 마음에 걸렸다. 하지만 혼자서 굴 가장 안쪽에 있는 큰댁 식구들을 꺼내올 수가 없었다. 구덩이만 아버지 옆에 파 놓았을 뿐이다.

진규는 앞장서서 아주머니를 무덤으로 데리고 갔다. 아주머니는 봉분이 있는 곳에 다다르자 다시 풀썩 주저앉아 고개를 숙였다.

"원통해서 어떡해요! 이래 허무하게 죽을 줄 누가 알았겠어요!"

진규는 부모님 산소도 만들지 못하고, 수의를 입히지도 못하고, 관에도 넣지 못하고, 그대로 땅속에 묻은 게 또 마음에 걸렸다. 더없이 불효를 했다는 생각에 마음이 무너져 내렸다.

"죄송해요."

진규는 기어들어 가는 목소리로 말했다.

"무슨 정신이 있어 장례식을 제대로 치를 수 있겠냐. 진규야, 고생했다. 혼자서 얼마나 힘들었냐? 어이구, 불쌍한 것!"

아주머니는 꺼억꺼억 소리를 지르면서 울었다. 진규는 형이 돌아오면 반드시 식구들 장례라도 제대로 치러주겠다고 다짐했다. 그냥 차디찬 땅속에 한꺼번에 묻어놓은 게 늘 마음에 큰 짐이 되었던 것이다.

진규는 마음이 더 서글펐다. 왜 식구들이 죽었는지, 전쟁 때문이라고만 생각하기에는 밑도 끝도 없이 의문이 밀려왔다. 문득, 자신도 전쟁터에 총을 들고 나가야 하지 않나 생각이 들었다. 마치 자신이 전쟁터에 나가면 나라를 지키고, 이 흉악한 전쟁을 끝낼 수 있을 거라는 생각이 들었다.

친척 아주머니를 마을 동구 밖까지 배웅하고 돌아오는 길에 동네 아이들이 나무 막대기를 들고 전쟁놀이하는 걸 보았다. 아이들은 총을 쏘는 흉내를 내고, 비명을 지르고, 총에 맞아 쓰러지는 행동을 했다.

"야 이 녀석들아, 그만해!"

진규는 가슴속의 울분을 엉뚱하게 아이들을 향해 소리 질렀다.

"형, 왜 그래?"

한창 저희들끼리 놀다가 우뚝 멈춰 서며 반문을 했다.

"너희들은 무섭지도 않냐? 총 맞고, 불에 타 죽은 식구들 생각도 안 나냐?"

"······."

"전쟁놀이는 하지 말아야지. 안 그래?"

아이들은 대답 대신에 막대기를 멀리 던져버렸다. 제 딴에도 동네 형이 간섭하는 게 화가 난 모양인지, 죽은 식구들 생각이 나서 던졌는지 알 수가 없었다. 아이들 표정이 묘하게 일그러져서 속마음을 알 수가 없었다. 아마 저 녀석들도 식구들 중에 누군가를 잃고, 전쟁의 두려움을 견디려 놀이라도 하면서 아픔을 누르고 있을 것이다.

진규는 아직 해가 지지 않는데도 어두운 방공호 속으로 숨어

들었다. 아무것도 하기 싫었다. 손가락 하나 까딱할 기운이 없었다. 친척 아주머니가 와서 진규의 아픈 가슴을 다시 헤집어놓고 갔을 뿐이다.

"아버지, 어머니! 난 어떻게 살아요? 대답 좀 해주세요."

진규는 일부러 소리 내어 불렀다. 그러면 마음이 조금은 위로가 되는 것 같았다. 아직 어떻게 살아야 할지, 그냥 이대로 버텨야 할지 판단이 서지 않았다. 그러다가 문득 동생들 얼굴이 떠오르면 미안한 마음에 온몸이 떨렸다.

"분희야! 진배야!"

분희 얼굴만 떠올라도 이름만 생각나도 노랫소리가 귀에 쟁쟁했다. 아마도 분희는 죽지 않았으면 나중에 가수가 되었을 것이다. 유난히 노래 부르는 걸 좋아하던 분희는 언제부터인가 혼잣말로 노래를 불렀다. 도대체 그 어린 분희는 가슴속에 무엇을 삭히려고 노래를 불렀을까. 자신의 운명이 이승에서 금방 끝날 거라고 지레짐작하고 있었을까.

"미안하다, 분희야!"

진규는 마치 분희가 눈앞에 있기라도 한 것처럼 말했다.

"진배야, 형이 안 놀아줘서 미안해."

철딱서니 없는 진배는 고삐 풀린 망아지마냥 여기저기 뛰어다녔다. 온갖 장난을 일삼고, 전쟁 중인데도 막대놀이, 전쟁놀이, 남의 밭 서리하기, 불장난을 즐겨 했다. 그럴 때마다 혼내기만 했지 아직 진배가 아홉 살밖에 안 된 아이라는 걸 잊어버렸다.

이럴 때 형이 곁에 있으면 이 슬픔과 외로움이 조금은 덜어질 것 같았다.

'진수 형은 꼭 살아서 돌아올 거야. 그때까진 어떻게든 버텨야 해.'

진규는 허전한 가슴을 형의 모습으로 채웠다. 지금은 살아가야 할 유일한 이유가 되어버렸다.

마음은 갈수록 더 추웠다. 방공호 덮개로 가리고 있으면 세상은 캄캄했다. 진규는 몸을 한껏 동그랗게 오므리고는 이런저런 생각이 떠올라 마음이 시달렸다. 배가 고프면 먹을 걸 찾는 자신도 싫었고, 그렇다고 굶고 버티기에는 잠을 잘 수도 없었다. 무기력한 날들이 계속 이어졌다.

하루는 국군들이 마을에 들어왔다. 마을에 몇 남지 않은 사람들이 우르르 달려나가서 그동안 가슴에 쌓인 억울함을 토로했다.

"정말 미군들이 우리 마을 사람들을 죄다 죽였어요?"

사람들은 미군들이 포탄을 떨어트렸다는 소문을 기정사실로 받아들였다.

"왜 이제 와요? 더 일찍 왔으면 우리 식구들이 살았을 거 아닌가요?"

사람들은 반가움과 원망이 뒤섞여서 마치 아이들처럼 고자질을 했다. 그러나 국군들은 아무런 반응이 없었다. 그냥 묵묵히 듣고서 있기만 했다.

"무슨 말이라도 좀 해봐요! 우리가 왜 몰살을 당해야 해요?"

진규는 국군들의 무표정한 얼굴을 보고 자신도 모르게 울컥했다.

"다친 사람이 있으면 치료를 해주는 데가 있으니까 거기 가서 치료를 받으시오."

진규는 정신이 번쩍 뜨였다. 비록 굴속에서 살아남았지만 시름시름 앓다가 죽은 사람들도 있고, 아직 앓고 있는 사람들도 있었다. 그런데 치료를 해줄 곳이 있다니까 식구는 아니지만 도와주고 싶었다.

국군들이 말해준 장소로 가니까 미군들이 임시로 치료 센터를 운영하고 있었다. 그러나 약이라고는 흰 가루약뿐이었고, 환자들을 무성의하게 대했다. 불에 덴 사람들도, 총을 맞은 사람들도, 상처가 난 사람들도 다 똑같은 흰 가루약이었다. 별로 믿음이 가지는 않았지만 빈손으로 돌아올 수 없어서 흰 가루약이라도 받아왔다. 곧 숨이 넘어갈 것 같은 사람들에게 흰 가루약을 발라주었지만 아무런 소용이 없었다.

굴속에서 살아남은 사람들이 밖으로 나왔지만 하루 이틀, 여러 날이 지나면서 자연스럽게 죽어갔다. 피난민들은 돌봐줄 사람이 없으니까 굴속에서 다행히 살아남아도 그대로 죽었다. 마을 사람들 중에 다친 사람들도 집으로 돌아왔지만 불탄 집 방공호에서 겨우 목숨을 이어가면서도 시간이 지나면서 죽어갔다. 모두 죽음으로 치닫는 길을 걷고 있었던 것이다. 그러니 삶의 희망을 가지고 있는 게 얼마나 허무한 일인가.

9. 검은 들판에도 봄은 찾아왔다

느티마을을 병풍처럼 둘러싼 태화산에도 봄은 왔다.

삼월의 햇살은 한겨울 내내 얼어붙은 산과 들을 녹여 온 마을에 개울이 생겨나 물이 졸졸 흐르는 소리가 났다. 그래도 느티마을 사람들은 혹독한 겨울이 지나고 봄이 온 것을 알아차리지 못했다. 그저 공동묘지가 된 마을에서 하루하루 버티면서 목숨 줄을 부지하고 있었던 것이다.

아직은 꽃샘추위가 온몸을 파고드는 삼월이었다.

"면사무소 사람들이 돌아왔다는구나."

마을 밖에 나갔다가 돌아온 동네 아저씨가 골목이 떠나가도록 외쳤다. 국군들의 피난 명령에 따라 면사무소도 남쪽으로 피난을 갔던 것이다. 이제 면사무소가 돌아왔으니 마을에서 일어난 일과 곡계굴에 가득 찬 시신들을 어떻게 해결할 수 있는지 물어볼 수 있었다. 마을 사람들 힘으로는 도저히 그 많은 시신들을 어찌해 볼 도리가 없었다.

"내일 당장 면사무소에 가서 마을에 시신들을 어떻게 할 건지 물어봐야겠네."

"저도 같이 갈게요."

소식을 전한 아저씨 말에 진규는 하루라도 더 미루기 싫어서 서둘렀다. 마을에 돌고 있는 전염병 때문에 마음이 더 급했던 것이다.

마을에 얼음이 녹고 햇볕이 따뜻하게 내리쬐면서 이번에는 알 수 없는 전염병이 돌았다. 사람들은 온몸에 열이 나고 땀을 흘리면서도 추워서 달달 떨었다. 어른들 말씀으로는 시신이 썩어가면서 전염병이 나돈다는 것이다. 그러니 하루라도 빨리 굴속에서, 들판에서 썩는 시신을 땅에 묻어야지 전염병이 나돌지 않는다는 것이다.

"면사무소도 불타버렸는데 사람들이 돌아와도 어디서 업무를 본다는 거야?"

면사무소도 불이 타서 잿더미로 변했다는 얘기를 들었지만, 백성은 죽어도 정부는 끄떡없을 것 같았다. 비록 지금은 고통스럽고 전쟁에 내몰려 식구들이 죽음을 맞이했지만, 언젠가는 정부가 구해줄 거라는 실낱같은 희망은 있었다.

진규는 이 마을에서는 드문 고등학생이라는 이유로 마을을 대표해서 나섰다. 진규는 곡계굴에서 일어난 학살 사건도 알릴 겸 바깥세상이 어떻게 돌아가는지 소식을 듣고 싶었다. 여태껏 무슨 일이든 소문으로만 들었던 것이다.

면사무소는 임시로 막사를 지어서 공무원들이 근무하고 있었다. 그나마 공무원들이 근무를 하고 있는 게 마음의 위안이 되었다.

"우리 마을이 폭격을 당했어요. 사람들이 몇백 명은 죽어 있는데 어떻게 시신을 처리해야 할지 몰라서 왔어요."

마을 어른이 먼저 찾아온 내용을 설명하고, 진규도 따라서 말을 덧붙였다.

"전염병인지 뭔지 모르겠는데 멀쩡한 사람들도 시름시름 앓고 있어요. 우리 마을 사람으로는 곡계굴에 있는 그 많은 시신들을 처리할 수가 없어요."

진규는 더듬더듬 말을 이어갔다.

"느티마을뿐만 아니라 다른 마을도 같은 운명입니다."

공무원은 담담하게 말했다. 수백 명 사람들이 죽고 전염병이 나돌아 사람들이 앓고 있다는데도 별로 놀라지도 않았다.

"곡계굴에 적어도 수백 명의 시신이 그대로 썩어가고 있는데 그냥 두어요?"

진규는 소리를 버럭 질렀다. 그러자 40대 남자 공무원은 놀란 듯 힐끔 보다가 가만히 생각에 잠기는 듯했다. 진규는 공무원이 무슨 말을 할까 인내심을 가지고 기다렸다.

"잠깐 기다려봐요. 어떻게 할 건지 물어봐야 해요."

한동안 생각에 잠겨 있던 공무원은 자리에서 일어났다. 그러고는 대충 지은 막사의 문이 잘 열리지 않는지 발과 손을 동시에 치면서 문을 거칠게 열었다. 진규는 문이 거칠게 열리는 소리에 마음이 더 상했다. 안으로 들어간 공무원은 잠시 후에 나왔다.

"전염병이 퍼지면 큰일이니까 빨리 치워야죠. 마을에 남아 있는 사람들이 얼마나 돼요? 우리 면에서도 나갈 테니까 함께 시신을 묻어줘요."

진규는 그제야 마음이 놓였다. 면사무소도 불타서 임시로 막사를 만들어놓고 업무를 보니까 정신이 없어 도와주지 않을 거라고 지레 생각을 했던 것이다.

"일할 수 있는 사람은 몇 명 안 돼요. 피난 갔던 사람들도 돌아오고 있으니까 다 모으면 열댓 명은 될 겁니다."

"그래요? 그럼 곧 날짜를 잡아서 시신을 치울 테니까 어디다 묻어야 할지 봐두세요."

"알았어요. 근데 뭐 하나 물어볼 게 있어요."

"뭔데요?"

공무원은 진규 얼굴을 보지도 않고 서류에 무언가를 적으면서 물었다. 진규가 말하기를 머뭇거리자 힐끗 쳐다보았다.

"우리도 정신이 없어요. 면사무소도 불타버렸고, 돌아오자마자 온갖 민원이 쏟아지니까 뭐부터 해야 할지 몰라요."

공무원은 조금 불친절했던 자신의 행동을 열심히 변명하듯이 말했다. 듣고 보면 맞는 말이다. 진규가 공무원과 이야기를 나누고 있는 사이에도 사람들이 계속 들어오고 있었다. 이른 아침부터 서둘러 면사무소를 찾은 게 다행한 일이었다. 사람들은 들어오자마자 공무원들이 바쁘거나 말거나 하소연을 퍼부어댔다. 귀가 세 개가 달렸어도 모자랐을 것이다.

진규가 이야기를 하고 있는 동안에도 사람들은 얼른 끝내라는 눈치를 주면서 자신의 하소연을 쏟아냈다.

"우리 마을에 큰 기름통이 전투기에서 떨어졌는데 그것이 뭔가요? 그것이 굴속에 있는 사람들을 다 죽였어요."

"······."

"처음 보는 물건이라서요."

"나도 소문으로 듣기만 했는데 소이탄이라고 하대요. 휘발유에 다른 폭약을 섞어서 드럼통에 넣어 불을 붙이면 그 일대가 다 불바다가 된대요. 나도 거기까지만 알아요."

진규는 한숨이 나왔다. 그 흉측한 폭탄이 소이탄이라는 걸 처음 들어보았다.

"말조심해요."

"왜요?"

"전쟁 중이잖아요."

진규는 '전쟁 중'이라는 말에 더는 말을 꺼내지 못했다. 공무원도 질문을 피하는 눈치였다. 진규는 꾸벅 인사를 하고 동네 아저씨와 면사무소를 나왔다. 그러고는 주위 분위기에 쫓겨서 공무원한테 물어보지 못한 말을 동네 아저씨한테 물었다.

"미군들이 왜 마을을 다 불 질렀을까요?"

진규는 못내 그게 의문스러웠다. 아저씨는 읍내를 드나들면서 들은 소문을 진규에게 전해주었다.

"인민군들이 숨어서 지낼까 봐서 민가를 불 질렀다는 거야. 우리 마을에도 곡계굴 때문에 폭탄을 퍼붓고 불 질렀다는데 어째 그 많은 사람들을 학살한 건지……."

진규는 인민군들이 마을에 머물렀다가 간 일을 떠올렸다. 그렇더라도 어림잡아 이십여 명인 인민군들이 잠깐 머물렀다가 떠났는데, 그게 마을을 불바다로 만들고 수많은 사람들을 죽일 원인이되는 건가. 그렇다면 너무 억울했다. 인민군들이 들어온다고 피난을 떠나라고 면사무소에 말하지 않았는가. 마을 사람들이 그 말을 믿고 피난을 떠났지만 미군들은 탱크로 피난길을 막아버렸다. 그래서 미처 남쪽으로 가지 못한 사람들이 느티마을로 몰려들고 곡계굴로 들어가 살았던 것이다. 그렇게 숨어 있는 주민들을 향해 무참하게 폭격을 퍼부어 떼죽음을 맞이하게 한 그들이 용서가 되지 않았다.

마을에 돌아와 동네 사람들을 불러 모았다.

"면에서 시신을 치워준대요. 우리도 힘을 보태서 함께 해야 돼요."

진규는 면사무소에 나가서야 마을마다 사람들이 죽고, 다른 곳에서도 전염병이 나돈다는 얘기를 들었다. 그 전염병이 장티푸스고, 장티푸스에 걸린 사람들은 약 한번 쓰지도 못하고 그대로 죽어가고 있다는 소식을 전해주었다. 넋을 놓고 하루하루 지내던 어른들은 무표정한 얼굴로 고개를 끄덕이다, 장티푸스 전염병에 당황하는 표정을 지었다. 사람들의 마음을 움직이게 하려면 어떤 이유가 필요했다.

일주일 뒤에 면사무소 직원들은 가마니를 가지고 왔다. 제대로 장례식을 치러줄 형편은 아니지만 사람을 가마니에 넣어서 땅속에 묻는다는 게 마음에 걸렸다. 그렇더라도 지금은 다른 방법이 없었다. 억울하게 죽은 목숨들한테 마지막 예를 올리고 싶었지만, 당장 시신들은 전염병을 옮기는 괴물에 불과했던 것이다.

'저 사람도 살아 있을 때는 누군가의 소중한 식구들이었는데……'

진규는 이미 시신들이 상해서 누가 누구인지 알아볼 수도 없었지만 식구들을 생각하면 마음이 짠했다. 그러면서도 언젠가는 한꺼번에 묻은 식구들의 무덤을 파내서 제대로 장례를 치르고 싶은 마음이 굴뚝같았다. 짐승들의 먹이가 될까 봐서 허겁지겁 묻은 게 내내 마음에 걸렸다.

곡계굴 앞에 모인 사람들은 광목 수건으로 코와 입을 막고, 가마니를 하나씩 들고 굴속으로 들어갔다. 시신 썩는 냄새가 코를 찌르다 못해 구역질이 올라왔다. 진규는 다시는 굴속에 발을 들여놓고 싶지 않아서 한동안 발길을 끊었다. 하지만 마을을 떠나지 않고 형이 돌아올 때까지 살려면 시신을 치워야 했다.

사람들은 시신을 닥치는 대로 가마니에 구겨 넣고는 서로 힘을 합쳐 밖으로 끌어내왔다. 진규는 큰댁 식구들 시신부터 가마니에 담았다.

"큰아버지, 죄송해요. 너무 죄송해요."

진규는 정신없이 시신을 담으면서 마지막 인사를 했다. 굴 주위에는 시신을 담은 가마니가 곳곳에 널려 있었다. 공무원들은 시신을 묻을 장소를 물색해놓았다. 마을에서 조금 떨어져 있는 인민군들이 방공호로 파놓은 산자락 밑에 시신들을 넣고 흙을 덮었다. 방공호가 다 차면 사람이 살지 않는 산에 구덩이를 파고 한꺼번에 수십 구씩의 시신을 넣었다.

마을 사람들은 곡계굴에 쌓인 시신들을 자기 피붙이부터 치웠다. 그러나 형체를 알아볼 수 없거나 피난민들 시신은 치우지 못했다. 굴속에 냄새가 역하고 숨을 쉴 수 없을 정도로 공기가 나빠서 오래 머무를 수가 없었던 것이다.

진규는 시신들을 치우면서도 진배가 있나 살펴보았다. 하지만 진배는 끝내 나타나지 않았다.

"진규야, 진배는 보여?"

동네 사람들이 물었지만 진규는 고개를 흔들었다. 동생을 아는 동네 사람들에게 시신을 처리하다가 진배를 보면 알려달라고 부탁을 했는데도 찾을 수 없었다.

"우리 어머니도 못 찾았어. 귀신이 곡할 노릇이야."

동네 아저씨도 곡계굴에 들어간 어머니 시신을 찾지 못했다면서 오히려 진규를 위로했다. 온 산을 다 뒤지고, 주위 동네까지 찾아 헤맸지만 어디에서 죽었는지 알 길이 없었던 것이다. 사람들 의견으로는 짐승들이 벌써 해쳐서 알아볼 수 없을 거라고 했다.

온 천지가 잿빛이었던 산과 들판에도 새싹이 돋아나면서 시나브로 연둣빛으로 물들어갔다.

연둣빛으로 세상이 물들고 진규의 검게 타버린 마음에도 조금씩 빛이 스며들었다. 다시는 굳게 닫힌 마음이 열릴 것 같지 않았다. 세상은 온통 얼음덩어리로 꽁꽁 얼어서 따스한 햇빛이 내리쬐는 봄은 다시 돌아올 것 같지 않았다. 그런데 낮과 밤이 계속 이어지면서 얼어붙은 세상도, 얼어붙은 마음도 조금씩 녹아가고 있었던 것이다.

곡계굴과 산과 들판에 널브러져 있던 시신들을 얼추 치우고 나자, 모처럼 마을에 생기가 돌았다. 당장 눈앞에 쌓여 있던 시신들을 치우고 나니까 오랜만에 사람 사는 마을 분위기로 돌아왔다.

어른들이 살아 있는 집에서는 얼음이 녹자마자 부서진 집을 고치기 시작했다. 완전히 폭삭 주저앉은 집은 새로 움막을 지었다. 주저앉은 지붕과 나무를 드러내고 진흙으로 움막을 지었던 것이다.

진규도 가만히 구경만 하고 있을 수는 없었다. 반쯤 탄 사랑채라도 고쳐야겠다고 마음먹었다. 진수 형이 언제 돌아올지 모르는데 불탄 집에서 맞이할 수는 없는 노릇이었다.

불타서 무너진 벽을 곡괭이로 뜯어내고, 논에 널려 있는 짚을 가지고 와서 진흙과 섞었다. 먼저 벽돌을 만들어 햇볕에 늘어놓고, 벽돌이 마르는 동안 안채의 무너져 내린 지붕을 걷어내고 지저분한 집을 대충 치웠다.

동네 곳곳에서 움막 같은 집을 새로 짓거나, 겨울 동안 내버려둔 불탄 집도 청소를 한다고 바쁘게 움직였다. 그래도 식구가 둘이나 셋이 살아남은 집은 서로 힘을 합쳐 집을 새로 짓는데 속도가 빨랐다. 혼자 남은 집은 서로 품앗이를 해가며 도왔다.

진규도 벽돌이 마르는 동안 혼자 남은 성식이 어머니를 도왔다. 성식이네는 그래도 흙집이 불에 덜 타서 진흙과 볏짚을 섞어서 그대로 벽에 빈 공간을 메웠다.

"우리 민족은 서로 어려울 때 돕고 사는 게 전통인데, 그동안 너무 넋 놓고 살았어. 죽지 않고서 살아남으니까 어떻게든 살아가네."

성식이 어머니가 아껴두었던 보리쌀을 꺼내 보리밥이라도 실컷 먹어보라며 한 그릇 가득 채워서 차려주었다. 진규는 그날 이후, 처음으로 밥그릇이 가득 찬 고봉밥을 먹으면서 눈물과 서러움을 삼켰다.

성식이네에서 이틀 만에 떨어져 내린 흙벽을 다 수리하고, 또다시 다른 집으로 향했다. 그렇게 서로 손을 보태 돌아가면서 수리하고 집을 지었고, 도와주는 동안 흙벽돌도 봄바람에 말랐다.

"사랑채만 지을 거지?"

일손을 도와주러 온 사람들이 집을 휘둘러보면서 한마디씩 물었다. 안채는 부서져 내려 손을 댈 수도 없었다. 겨우 틈틈이 불탄 물건이나 무너진 흙벽과 지붕의 쓰레기를 치우고, 그냥 내버려 두었다.

"사랑채만 지을 거예요. 형이 돌아와도 잘 곳이 있어야 하니까……."

진규는 사람들이 도와줄 때 튼튼하게 짓고 싶었다. 진수 형이 돌아오면 그때 안채도 새로 지어야 했다.

"아이고, 그래도 구들장은 멀쩡하네. 네 아버지가 구들 하나는 잘 놨지. 불만 넣으면 온 방이 뜨끈뜨끈해서 아랫목이 탈 지경이었어."

진규는 아버지가 일하는 모습을 떠올렸다. 늘 일을 손에서 놓지 않았다. 그래서 아버지도 어머니도 손과 발이 나무껍질처럼 거칠고, 겨울이면 부르트고 갈라져 피가 나올 지경이었다. 고생만 하다가 미군의 전투기 폭격으로 한순간에 세상을 떠난 부모님이 안타깝고 속상하고 애절했다.

"봄인데 밭을 갈아야지. 그냥 저대로 내버려 두면 어떡하냐? 네 아버지 어머니 계셨으면 벌써 밭을 갈았어."

"그래야죠. 소도 빼앗겨서 곡괭이로 땅을 뒤엎어야 할 것 같아요."

"마을에 소 한 마리 남아 있지 않구나."

마을 밭은 죄다 자갈밭이었다. 소가 없으면 밭을 일구기가 너무 힘들었다. 하지만 옛 속담처럼 이가 없으면 잇몸으로 살아야 된다는 걸 절실히 깨닫고 있었다.

사람들과 이런저런 이야기를 나누며 일을 하니까 힘도 나고 서로 의논도 하고 도움을 받을 수 있어서 한결 집 짓기가 나았다. 사랑채만 흙벽을 쌓아올리고, 아쉬운 대로 나무 기둥을 올리고 판자로 지붕을 덮었다. 그러고 나니까 사랑채가 완성이 되었다.

"이 정도면 바람이 불어도 비가 오고 눈이 와도 끄떡없구먼."

성식이 어머니가 일하는 사람들을 위해서 밥상을 마련해주었다. 진규한테는 곡식으로 수수와 반쯤 남은 보리쌀이 있었다. 그래서 도와주는 사람들에게 식사를 대접할 수 있어서 그나마 다행이었다.

"밭에 뿌릴 종자는 남겨두었냐?"

"예. 아버지가 그랬어요. 전쟁이 나도 농부는 밭에 심을 종자는 꼭 챙겨야 한다고요."

"그려. 넌 전쟁이 끝나면 학교 다녀라. 그게 네 아버지 어머니 소원이고 자랑이셨어."

"알고 있어요."

진규는 동네 어른들 말씀에 대답은 했지만 자신이 없었다. 보람과 기쁨을 줄 부모님이 안 계시는데 공부는 해서 뭐 하나 싶은 생각이 들었다. 당장 눈앞에 놓인 건 하루 잠자리와 굶지 않고 살아남는 거였다. 그러니 학교나 공부는 까마득한 먼 나라 얘기고, 자신에게 그런 날이 온다는 보장도 없었다.

사람들이 집으로 돌아가고, 진규는 집 주위를 돌아다니며 땔나무를 주워서 사랑채 아궁이에 불을 지폈다. 오늘 밤은 내 집에서 따뜻하게 잘 수 있는 밤이었다. 지금은 그것만으로도 행복하다는 생각이 들었다.

방공호와 남의 집 사랑방을 오가며 지낸 시간이 벌써 3개월이나 되었다. 그때 그 순간에 자신의 인생도 희망도 멈춰버린 것 같았는데, 시나브로 죽음의 시간을 벗어나고 있었던 것이다. 언제까지 죽음의 순간에 머물러 있을 수는 없었다.

진규는 날마다 삽과 괭이를 들고 풀이 웃자란 밭으로 나가서 밭을 일구며 마음을 달랬다.

날이 따뜻해지면서 피난을 떠났던 사람들이 타향에서 피난살이를 접고 농사를 지으러 돌아오고 있었다. 농부들은 봄이 되니 전쟁 중이라도 땅을 그냥 버려두는 게 마음에 걸렸던 것이다.

"이게 무슨 날벼락이여!"

"우리 마을이 왜 이리 지옥이 된 거야?"

피난에서 돌아온 사람들은 변해버린 고향 모습에 적잖이 당황했다. 남쪽으로 미리 피난은 떠났지만 다시 돌아오면 고향은 그대로 맞이해줄 거라고 믿었던 것이다.

"누가 이런 거냐, 응?"

"아이고, 남쪽으로 갔다가 올라오는 길에 불탄 마을이 심심찮게 보이더니만 설마 우리 마을도 이럴 줄 누가 알았겠어."

피난을 떠난다고 집을 비워두고 간 사람들은 불탄 집에서 망연히 주저앉았다. 놀란 사람들은 무엇을 어떻게 해야 할지 어쩔 줄 몰라 했다. 농사를 지으러 다시 돌아왔다가 불탄 집을 보고 망연자실했던 것이다. 그렇다고 다시 피난길을 떠날 수도 없는 노릇이고, 그들은 임시로 만들어놓은 방공호로 들어갈까 하는 눈치였다.

그러자 오두막이라도 짓고 사는 사람들이 집을 지을 때까지 함께 지내자고 권했다. 진규도 또래 동무 두철이를 집에 데리고 왔다.

"진규야, 식구들이 죄다 죽은 거야?"

어릴 적부터 친하게 지낸 녀석은 사랑채에 들어와 우두커니 앉아서 미안해했다. 마치 자기가 진규네 식구들 자리를 차지한 것처럼 어색해했다.

"그때 나만 집에 있었어. 어머니가 식구들 아침거리로 고구마를 쪄서 굴속으로 들어갔거든."

"굴속에 있던 사람들이 도망치지도 못했어? 왜?"

두철이는 도무지 이해할 수 없다는 듯 다그쳐 물었다.

"굴에서 뛰어나오면 되잖아?"

아무리 설명해도 이해하지 못했다.

"전투기에서 떨어뜨린 소이탄이라는 폭탄은 불이 붙으면 그 일대가 죄다 불바다가 된다는 거야. 곡계굴 앞에서 폭탄이 터졌으니 불길과 연기와 유독가스가 굴 안쪽으로 들어가서 사람들이 나오기 힘들었어. 뛰쳐나온 사람은 죄다 불에 타 죽었어."

진규는 굴속으로 사람들을 구하러 들어갈 수 없었던 이유를 변명처럼 둘러댈 수밖에 없었다.

"난 우리 진수 형이 돌아오면 고향을 떠날 거야. 여기서 살기 싫어."

진규는 마을 사람들한테 못한 이야기를 두철이한테 털어놓았다. 하루에도 수십 번씩 고향을 떠나고 싶은 마음이 불끈 치솟았다. 죽음의 땅이 되어버린 곳에서 머물기 싫었던 것이다. 방에 누워 있어도, 골목만 나서도, 땔나무를 하러 산으로 올라가도 식구들이 부르는 소리가 환청으로 들려왔다. 마치 저만치에서 걸어오는 것 같고, 골목 모퉁이를 돌면 누군가 서 있는 것 같았다. 무엇보다도 분희의 노랫소리가 느닷없이 귓전을 맴돌았다.

진규는 두철이네 집을 짓는 것을 도와주기로 약속했다. 두철이도 아득해하는 게 한껏 기가 죽어 있었다.

진규는 은근히 또 걱정이 되었다. 전쟁터에 나간 진수 형마저 돌아오지 않는다면 어떡할까. 그런 생각이 들면 세상에 더할 수 없이 처량한 신세가 되는 것 같았다.

"진수 형 돌아올 때까지 고향집을 지켜야지. 안 그래?"

진규의 흔들리는 마음을 두철이가 주저앉히려 애썼다. 진규는 대답 대신에 한숨을 쉬었다.

"네가 절망하고 있으면 부모님이 좋아하시겠냐?"

진규는 그동안 혼자 살아남았다는 죄의식에 시달렸는데, 두철이 말을 들으니까 정신이 번쩍 들었다. 절망에 빠져 하루하루 시간만 때우면서 지내고 있는 못난 자신을 새삼 발견한 것이다.

"내 이런 모습을 보면 우리 부모님이 더 실망하시겠지."

진규는 삶의 희망을 갖고 다시 일어서 보리라 마음먹었다. 가난한 농부인 아버지는 진규를 농고에 보내주었다. 자식들 중에 하나라도 공부를 많이 해서 가난한 집안을 일으키라고 하지 않았던가. 그런데 혼자 살아남아서 마냥 넋을 놓고 절망에 빠져 있었던 것이다.

"진수 형이 돌아올 때까지는 버텨야지."

진규는 그때까지는 버틸 이유가 생겼다. 그러자 조금은 살아보겠다는 의지가 생기면서 차츰 희망이 가슴속에서 싹을 피웠다.

진규는 동네 아이들을 모아서 공부를 가르치기로 마음먹었다. 마냥 전쟁이 끝나기를 기다리면서 허송세월을 보내는 것보다 골목이며 들판이며 돌아다니며 전쟁놀이를 하거나 탄피를 줍고 다니는 아이들에게 한글이라도 깨우치게 해주고 싶었다.

"얘들아, 그냥 놀면 뭐 하니. 나하고 공부하자."

진규는 아이들을 모아놓고 얘기를 했다. 노는 데 정신이 팔린 아이들이 싫어할 것 같기도 해서 괜히 조심스러웠다.

"정말? 해."

"무슨 공부할 거야?"

아이들이 싫어하면 설득하려고 했는데, 오히려 반기는 게 아닌가. 자기들도 늘 들판으로 쏘다니면서 지내다 보니까 새로운 놀이를 찾고 싶었는지, 아니면 정말 공부를 하고 싶은지 알 수 없지만 일단 아이들이 적극적이었다.

"언제부터 할 거야? 지금 해."

"그러자. 우리 집으로 가자."

진규는 아이들과 함께 집으로 돌아왔다. 여기저기서 놀던 녀석들이 우르르 달려와 꽁무니에 달라붙었다. 진규는 괜히 어깨가 으쓱했다.

불에 타 으스러진 집으로 들어가자 아이들 입에서 탄식이 터져 나왔다.

"아휴! 형아, 여기서 공부해?"

"불 안 탄 집에서 공부하자, 응?"

녀석들이 어리광을 부리듯 투정을 했다.

"사랑채는 괜찮아. 누가 부서진 방에서 공부하자고 했냐."

진규는 은근히 부아가 났다. 모처럼 마음먹고 동네 동생들한테 공부를 가르쳐주려고 나섰는데, 배부른 소리를 하지 않는가. 분이는 불에 타 죽고, 진배는 아직 찾지도 못했는데. 그 와중에도 살아남아서 들판을 마음껏 쏘다니는 아이들을 보면 부럽기도 했다. 다시 마음을 다잡고 나서면서도 괜한 짓을 하는가 실망스럽기도 했다.

"안 배울 거야? 까막눈으로 살고 싶니?"

"아니."

아이들이 고개를 저었다.

"우리 마을 사람들이, 가족들이 죽임을 당했는데 가만히 입 다물고 살 거야? 우리가 배우고 알아야 이 억울한 죽음을 세상에 알리지. 누가, 왜, 우리 마을에 불을 지르고 곡계굴에 피신해서 가만히 있는 사람들에게 폭탄을 퍼부어서 죽였는지 알아야 할 거 아니냐고! 너희들은 가족들이 죽고 마을이 불탔는데도 아무렇지도 않아?"

진규는 자신이 가졌던 의문과 분노를 괜히 아이들한테 퍼부었다.

"바보같이 마냥 놀기만 할 거야. 또 누가 쳐들어와서 불을 지르고 총을 쏘면 어떡할 거야. 가만히 당하고 있기만 할 거냐고!"

"왜 우리한테 화내! 공부하자고 해놓고 야단만 치네."

아이들이 입을 삐죽거리면서 볼멘소리를 했다. 이때 두철이가 들어오면서 진규를 멀뚱히 보았다.

"왜 그래? 왜 아이들하고 싸우는 거냐?"

"싸우긴 누가 싸워. 공부 같이 하자니까 집이 불탔다고 짜증 부리잖아. 철딱서니 없는 녀석들이……."

진규는 생각할수록 괘씸했다. 지금 이런 시국에 살아남은 것만으로도 얼마나 큰 행운인지 모르다니.

"아직 애들이잖아. 진규 네가 이해해라."

두철이는 아이들 머리를 쓰다듬어주면서 달랬다.

"야 이 녀석들아, 진규 형이 너희들 매일 나와서 뛰어다니고 있는 게 안돼서 공부 가르쳐주겠다는데 고마워해야지. 나는 공부 가르쳐주고 싶어도 아는 게 없어서 못해. 할 거야, 안 할 거야?"

"할 거야. 진수 형아, 공부해."

그제야 아이들도 마음이 풀렸는지 금세 해맑게 웃었다. 그 모습을 보면서 진규는 피식 웃음이 나왔다.

"너희들 책이랑 공책 있지?"

"없어. 다 불탔잖아."

진규는 미처 그 생각을 못했다. 그러자 한 아이가 자신의 책이 불타지 않았다면서 집에 가서 가져오겠다며 나갔다.

"너희들, 한글 다 깨우쳤니?"

진규의 물음에 아이들이 웅성거렸다. 학교를 다니면서도 아직 한글을 다 알지 못하는 아이들이 있는가 하면, 개중에는 다 안다고 자랑스럽게 말하는 아이들도 있었다. 열 명 남짓한 아이들이 제각 각이어서 진규는 머리가 지끈거렸다.

"두철아, 너도 나랑 아이들 가르치자."

"너야 고등학교에 다니니까 유식하지만 난 초등학교도 안 다녔는데……."

두철이가 화들짝 놀라며 손을 내저었다. 진규 또래 중 학교에 다니는 사람이 마을에 진규밖에 없었다. 두철이는 미리 겁을 먹고 뒤로 물러났다.

"네가 가장 잘하는 걸 하면 되잖아. 넌 아이들과 잘 어울리고 아이들도 잘 따르니까 일단 아이들이 공부에 흥미를 느끼게 해주면 돼. 너도 나랑 같이 공부하자."

"어휴, 난 글자만 보면 잠이 와. 난 농사 잘 지어서 큰 농부가 되고 싶어. 아무리 전쟁이 터져도 사람은 일단 먹고살아야 하잖아. 사람은 자기가 잘하는 게 따로 있는 거야."

두철이 말에 진규는 고개를 끄덕였다. 사람마다 자기가 잘하는 일이 따로 있다는 걸 새삼 깨달았다. 어쩌면 진규가 농사짓는 게 시원찮고 책 읽고 공부하는 걸 더 좋아해서 부모님이 학교에 보내 줬는지도 모르겠다는 생각이 얼핏 들었다.

"두철아, 우리 해보는 데까지 서로 힘을 합쳐 해보자. 전쟁이 끝날 때까지."

"그려. 나야 뭐 너랑 같이 지내면서 아이들이랑 어울리면 좋지. 심심하지도 않고, 열심히 살다 보면 전쟁도 끝나고 예전으로 돌아갈 수도 있겠지."

진규는 두철이 말에 대답할 수 없었다. 집안 식구들이 몰살을 당한 판에 전쟁이 끝난다고 어떻게 예전으로 돌아갈 수 있겠는가. 이미 죽은 사람들은 전쟁이 끝났다고 다시 살아나는 것도 아니다. 불탄 집은 새로 지으면 되고, 부서진 마을은 고치면 되지만 목숨을 잃어버리면 그것으로 한 인생이 끝나버리는 것이다. 두철이는 식구들이 피난을 떠나는 바람에 아무도 죽지 않았지만, 지금 진규는 오롯이 혼자 남았다. 그 빈자리를 무엇으로도 채울 수 없으니 동네 아이들에게 공부라도 가르치며 전쟁이 끝나기를 기다리는 수밖에 없는 것이다. 그렇게라도 이 힘들고 고통스러운 시절을 견디면서 형이 돌아오기를 기다려야 했다.

진규는 사랑채에서 날마다 아이들을 만났다. 아이들도 반짝이는 눈빛으로 글을 읽고 쓰면서 재미있어했다. 무엇보다도 작은 방에서 옹기종기 어깨를 맞대고 앉아 공부하는 게 순간이나마 고통을 잊을 수 있었다. 두철이가 피난 떠나서 겪었던 얘기며 바깥세상 얘기를 허풍을 쳐가며 해줄 때는 아이들이 가장 즐거워했다.

아이들과의 만남은 초등학교가 임시로 문을 열 때까지 이어졌다. 아이들이 학교에 다닐 즈음에 사랑방 공부도 끝이 났다.

10. 진수 형이 돌아왔다

진수 형이 돌아왔다. 전쟁터에 나간 지 2년이 다 되어서 불구가 된 몸으로 돌아왔다. 오른쪽 다리에 총을 맞아서 절뚝거리면서 집으로 돌아왔다. 진규는 형의 모습을 보는 순간, 가슴이 와르르 무너져 내렸다. 식구들도 억울하게 몰살을 당했는데, 그토록 기다렸던 형은 불구의 몸으로 돌아온 것이다.

형은 부모님과 동생들이 불귀가 된 것을 알고 목을 놓아 울었다.

"우리 식구를 지키려고 전쟁터에 나갔는데 내 고향, 내 집에서 살다가 죽다니……. 세상에 뭐 이런 경우가 있냐!"

진수 형은 하늘을 향해 원망을 했다.

"형, 미안해. 나만 살아서 미안해."

진규는 한동안 무디어져 있다가 형이 돌아오면서 새삼 식구들의 죽음을 온몸으로 느꼈다. 마치 가슴에 구멍이 뻥 뚫려서 회오리바람이 몰아치는 것 같았다. 하지만 불구의 몸이 된 형 앞에서 할 말을 잃었다. 형의 고통이 얼마나 큰지 차마 물어볼 수도 없었다.

한동안 울부짖던 형은 이윽고 눈물을 훔치고는 절뚝거리면서 집 안을 둘러보았다. 진규는 형이 넘어질까 봐 뒤에 서서 가슴이 조마조마했다. 형은 오히려 이곳저곳을 기웃거리면서 집이 부서졌다고 투덜거렸다. 그 투덜거림은 불에 타고 해가 바뀌었는데도 새로 집을 짓지 않았다고 나무라는 말투였다.

"넌 혼자 뭐 하고 살았냐? 농사는 지었어?"

"조금⋯⋯. 남의 일 거들어주고 곡식 받아오고 했어."

"학교는? 가, 안 가?"

"⋯⋯."

"학교도 안 다니고, 불탄 집도 이대로 두고, 여태껏 뭐 했어?"

말이 길어질수록 형의 말투가 점점 거칠고 비난으로 바뀌어갔다. 진규는 그런 형이 왠지 낯설었다.

'형이 왜 저러지?'

군대 가기 전에 형은 저런 말투가 아니었다. 다정하고 동생들을 잘 챙겨주는 한 집안의 장남이었다. 그런 진수 형이 군대에 지원해가면서 진규는 형을 대신하려고 나름대로 애썼다. 그러나 형은 식구들이 저세상으로 떠난 게 마치 진규의 잘못인 양 원망하는 듯했다.

"아버지, 어머니 돌아가셨다고 너는 그냥 손 놓고 살았어?"

형은 진규의 아픈 가슴을 찔러놓고는 피식 웃었다. 진규가 그토록 기다리고 그리워하던 형의 모습이 아니었다. 진규는 순간, 형의 눈빛을 보고 가슴이 섬뜩했다. 형은 말투와 행동만 달라진 게 아니라, 눈빛이 완전히 다른 사람 같았다. 퀭하게 파인 눈에는 광기가 서려 있었다. 섬뜩이는 광기에 진규는 등골이 써늘했다.

그러나 진규는 전쟁터에 나가서 고생했을 형을 생각하며 서운

한 마음은 접어두었다. 아마 전쟁터에서 지내다가 집에 돌아왔는데 식구들은 죽고, 고향과 집은 폐허가 된 것을 보고 화가 났을 것이다. 그 화풀이 상대가 자기뿐인 게 이유일 거라고 생각했다. 그러니 형의 마음이 누그러질 때까지 참아야 했다.

"전쟁터에서 어떻게 지냈어?"

"전쟁터가 전쟁터지. 죽고 사는 게 눈 깜짝할 사이에 일어나는 곳이 전쟁터야. 우린 사람이 아니라 무기였어."

"……."

"난 목숨 걸고 나라를 지키려고 고생했는데, 식구들은 다 죽어 버리고 이게 뭐냐."

진규는 머릿속이 혼란스러웠다. 형 말대로 나라를 지키는 것과 식구들을 지키는 것이 같은 의미는 아니었다. 형은 불구가 될 정도로 전쟁을 치르고 돌아왔는데, 식구들은 정작 폭격으로 죽임을 당한 것이다. 그것도 아군인 미군한테…….

'누구를 위한 전쟁이었던가? 무엇을 위한 전쟁이었던가?'

진규는 가슴이 답답했다. 이 물음을 형한테 물어보는 것은 부질없는 일이었다. 방금 전쟁터에서 돌아온 형은 식구들의 죽음을 맞이하고는 혼란에 빠져 있는 듯했다.

진규는 부모님과 분희를 묻은 곳으로 형을 안내했다. 가는 길에 동네 어른들이 형을 보고 먼저 반겨주었다.

"이게 누구여! 진수 아녀."

"아이고, 진수가 죽지 않고 살아서 돌아왔구먼. 장하다, 진수야!"

어른들이 반겨주자 형도 기분이 좋은지 큰 소리로 인사를 했다.

"잘 지내셨어요?"

사람들은 무사히 살아서 돌아온 형에게 굳이 식구들 죽음을 입밖에 꺼내지 않았다. 형은 힘차게 인사를 하면서도 급하게 걷느라 걸음걸이가 자꾸만 더 뒤뚱거렸다. 왠지 오랜만에 만난 동네 사람들과의 대화가 불편하게 느껴져 피하는 눈치였다. 형은 부모님과 동생을 묻어둔 산자락에 가서는 한동안 퍼질러 앉아 울었다.

"우리 식구들이 지냈던 곡계굴에 가봐."

형은 손등으로 눈물을 대충 훔치고는 곡계굴을 향해 걸어갔다.

굴 앞은 흙이며 돌이며 온갖 물건들이 기름에 타서 새까맣게 눌어붙어 있었다. 시커먼 드럼통은 세월이 흘러도 곳곳에 그대로 널브러져 있어서 전쟁의 흔적을 고스란히 간직하고 있었다.

형은 굴 앞에 멈춰 서서 주위를 휘이 둘러보고는 숨이 막히는지 한숨을 크게 내쉬었다.

"형, 들어가지 마. 아직도 사람들 뼛조각이 많아. 다 치우지 못했어."

진규는 형 팔을 붙잡고 말렸다. 하지만 형은 대수롭지 않은 듯했다.

"그까짓 사람 뼛조각 좀 있다고 뭐가 무섭냐? 난 사람도 죽이고, 옆에서 같이 밥 먹고 지내던 전우가 죽는 것도 봤는데. 넌 사내자식이 왜 그리 겁이 많냐?"

"형이 그 장면을 안 봐서 그렇지, 굴 앞이 불바다였어. 독한 가스 때문에 한동안 굴속에 발도 들여놓을 수 없었어."

진규는 그때 이 마을이 얼마나 처참했는지 열심히 설명해주려 했다. 그러나 형은 대수롭지 않게 여기고, 그 정도는 아무것도 아니라는 식으로 반응을 했다. 다만 식구들이 죽임을 당한 게 속상할 뿐이었다. 형이 어떻게 이렇게 변할 수가 있는지 진규는 도무지 이해가 가지 않았다.

형은 굴속으로 들어가면서 혼잣말로 구시렁거렸다. 식구들이 머물렀던 굴 가장 안쪽으로 내려갈 때는 머리까지 심하게 흔들면서 걸었다. 진규는 형에게 식구들이 머물렀던 자리를 가리켰다. 형은 바로 그 자리에 앉아서 눈을 감은 채 고개를 떨구고는 한동안 가만히 있었다. 아버지와 어머니, 동생들을 떠올리는 듯 깊은 한숨을 쉬었다.

"여기서 밤낮으로 숨어 있었어."

진규는 형이 너무 큰 슬픔에 빠져 있어서 일부러 말을 붙였다.

"왜 피난 가지 않았어? 피난 갔으면 그렇게 떼죽음을 당하지는 않았을 거 아냐?"

형이 우두커니 서 있는 진규를 향해 고개를 쳐들고는 쏘아보았다. 진규는 어두침침한 굴속에서 짐승처럼 번뜩이는 형의 눈빛에 고개를 돌렸다.

"형이 돌아올 때까지 집을 비우면 안 된다고……. 아버지가 피난은 절대 못 간다고 해서 굴속에 들어왔어. 형이 돌아올 때까지는 절대 집을 못 떠난다고……."

진규는 울고 싶었다. 목울대가 뜨겁게 달아올랐지만 침을 꿀꺽 삼키면서 감정을 억눌렀다.

"아버지도 참! 전쟁에서 아군 적군이 따로 있는 게 아닌데. 전쟁 중에는 작전에서 이기는 것밖에 없어. 다른 건 신경 쓰지도 않아. 바로 눈앞에서 내 목숨이 왔다 갔다 하는데 다른 데 신경 쓸 여유가 어디 있냐."

진규는 말문이 막혀버렸다. 형은 마치 세상 돌아가는 이치에 통달한 것처럼 당당하게 말했다. 그런 형 앞에서 무슨 말을 하든 구차한 변명밖에 되지 않았다.

"형, 우리 식구들은 형이 무사히 살아 돌아오기만 기다리느라 피난을 떠나는 건 엄두도 못 냈어. 근데 형은 마치 우리가 바보 같고 어리석어서 피난을 떠나지 않고 굴속에 들어간 것처럼 말하잖아. 아버지 어머니가 형이 돌아올 때까지는 절대 집을 비울 수가 없다고 해서 마을에 머문 거야. 그래서 다 죽은 거야!"

진규는 자신도 모르게 버럭 소리를 질렀다. 형이 변해도 너무 변했고, 식구들의 죽음을 비난하는 것 같았기 때문이다.

"무슨 말인지 알아. 아버지 어머니 고집이 답답하다는 거야. 피난을 떠났으면 죽지 않았을 거 아냐. 나도 집으로 돌아와서 너 빼고 식구들이 다 죽었다는데 억장이 무너져! 억장이 무너져서 미칠 것 같아! 내가 왜 전쟁터에 나갔는데. 나는 뭐 내 하나뿐인 목숨이 안 중요해서 나간 줄 알아?

진규는 또 말문이 막혔다.

"형도 사람 많이 죽였어?"

진규는 묻지 말아야 할 말을 하고 말았다.

"누군 뭐 사람한테 총 쏘고 싶어서 쏘는 줄 알아? 내가 안 죽으려면 상대방을 죽여야 해. 그게 전쟁이야. 전쟁놀이가 아니고 진짜 전쟁이라고!"

형이 버럭 소리를 지르면서 말했다. 그러자 곡계굴도 형의 울분으로 가득 찼는지 울부짖었다.

"나가. 여기 있으면 뭐 해."

진규는 얼른 이곳을 빠져나가고 싶었다. 형은 먼저 뒤뚱거리면서 언덕을 향해 올라갔다. 굴 밖으로 나와서도 진규는 형과 좀 떨어져서 걸었다. 절뚝거리면서 걷는 형의 모습을 보면서 땅이 흔들리는 듯, 나무가 흔들리는 듯, 하늘이 흔들리는 듯했다. 형의 모습처럼 진규는 자신도 흔들리고 세상도 흔들려 머리가 어지러웠다.

진규는 집으로 돌아와서 형을 위해 정성껏 밥을 지었다. 언젠가 형이 돌아오면 따뜻한 쌀밥 한 그릇을 상에 올리고 싶어 준비해두었다. 고봉밥을 올리고 밥상을 차렸다.

"어이쿠, 벼농사 지었냐?"

"우리가 논이 어디 있다고. 농사일 도와주고 형이 돌아오면 밥 해주려고 일부러 쌀로 받아서 간직해뒀어."

"그래도 내 동생밖에 없구나. 진규야, 고맙다."

형이 밥숟가락을 놓고 진규 머리를 거칠게 쓰다듬었다. 씩 웃는 형의 모습을 보면서 진규는 예전에 형의 웃음을 보는 것 같아서 가슴이 먹먹했다. 형은 밥 한 그릇을 뚝딱 비웠다.

진규는 전쟁이 터지고 처음으로 형과 나란히 누웠다. 오랜만에 함께 누워 있으니까 마치 옛날로 돌아간 기분이 들었다.

"형은 고향에 그대로 살 거야?"

"왜 그래? 넌 여기가 싫으냐?"

"……."

"네 생각을 말해 봐. 난 집으로 돌아오기만 기다렸는데……. 휴."

진규는 형만 돌아오면 고향을 떠나고 싶다는 생각을 해왔다. 식구들이 모두 죽은 이 땅에 사는 게 고통스럽고 견디기 힘들었다. 이제 형이 돌아왔으니 의무감에서 조금은 벗어날 수 있었다. 그렇다고 당장 떠날 용기도 없었다. 아직도 전쟁 중이고, 혼자 밖으로 나가 봐야 어떻게 살지도 아득했다.

"설마 너도 군대 들어가겠다는 말은 아니지?"

"난 누구든, 아군이든 적군이든, 사람 죽이는 건 싫어! 모든 걸 다 파괴시키는 전쟁은 싫어!"

"누군 뭐 좋아서 나가냐! 휴, 어쩌다 전쟁까지 벌어졌는지, 나도 총 맞아서 이 꼴이 되고 보니 다 허무하더라. 죽을 고비를 수십 번도 더 넘겼어."

"형이 살아서 돌아와 얼마나 다행인지 몰라."

진규는 목이 메었다. 잠시 형에 대해서 이상하게 느꼈던 게 미안할 정도였다. 만약에 형이 돌아오지 않았다면 어땠을까? 상상만해도 아득한 일이었다.

"손바닥만 한 동네에서 왜 진배를 못 찾았어?"

"혹시 동무들과 논다고 산에 올라가서 총을 맞았을까 봐 수십번도 더 산을 뒤졌어. 진배뿐만 아니라 죽은 식구들을 못 찾은 사람들도 많아."

진규는 또 변명을 해야 했다. 형이 식구들에 대해서 물을 때마다 진규는 변명처럼 둘러대는 기분이 들어서 우울하기 그지없었다.

"귀신이 곡할 노릇이네. 한여름도 아니고 짐승들이 덤벼든 거 아냐?"

"그때 짐승들이 시신들한테 몰려들었어."

"하긴 그 녀석들도 한겨울에 굶주렸으니 짐승, 사람 안 가리고 덤벼들었겠지."

"금방 찾으러 다녔는데도 안 보였어."

"네 잘못이 아냐. 나도 사람이 아니라 짐승처럼 살았으니까."

형이 넋두리를 하면서 한숨을 쉬었다. 짐승처럼 살았다는 형의 말에 진규는 목이 메었다. 진규도 짐승처럼 살았다. 아버지와 어머니, 동생들도 짐승처럼 굴속에 있다가 짐승처럼 사냥을 당했다.

"형은 우리 식구들을 죽인 미군들이 밉지도 않아? 원망도 안 하네. 아무리 아군이라지만……."

"누가 미군들이 그랬다고 해? 눈으로 직접 봤어?"

형이 버럭 소리를 질렀다.

"미군들이 찾아와서 굴에 들어가 사진 찍어 갔어. 아무 상관이 없으면 왜 찾아왔겠어. 우리 마을뿐만 아니라 다른 마을에서는 미군들이 마을 사람들을 끌고 가서 죽였대. 근데 형은 분하고 억울하지도 않아?"

진규도 화가 나서 소리를 질렀다.

"너무 미워하지 마라. 작전 명령이 떨어지면 군인은 명령에 따라 움직이는 거야. 그들도 남의 나라 전쟁에 뛰어들어서 목숨 바쳐

싸우는 거야."

형은 한결 누그러진 목소리로 태연하게 말했다. 그런 형의 말투에 진규는 더 마음이 상했다.

"아버지 어머니랑 동생들을 죽였어. 근데 어떻게 안 미워할 수 있어?"

식구들의 원통한 죽음에 형이라면 함께 분노하고 화내야 하지 않는가. 그런데 형은 마치 남 얘기하듯이 태연하게 말하는 것이다. 죄 없는 이웃이 당해도 함께 아파하고 속상해야 할 사건인데. 무엇이 형을 이토록 냉정하게 만들었을까. 마치 피도 눈물도 감정도 없는 사람처럼 느껴져 진규는 온몸이 떨려왔다.

"그게 전쟁이야. 통일이고 평화고 나발이고, 전쟁이 벌어지는 순간에 총을 들면 모두 악마가 되는 거고, 짐승이 되는 거야."

"형, 그렇다고 사람을 함부로 학살하는 게 정당화될 수는 없어. 우리 식구들과 마을 사람들, 피난민들이 무슨 죄가 있다고! 우린 아무도 총을 들지 않았어. 미군 전투기가 너무 낮게 날아다녀서 굴 계굴에 숨어 살았던 거라고!"

진규는 윗몸을 일으켜 앉았다. 가슴이 막혀서 숨을 쉴 수가 없었다. 진규가 버럭 화를 내자 형도 벌떡 일어나 앉았다.

"그래서 어쩌라는 거야, 응? 지금은 전쟁 중이야! 언제 이 전쟁이 끝날지도 몰라. 원망만 하고 있다고 되돌릴 수는 없어. 각자가 살길을 찾아야 해. 그게 전쟁이야!"

진규는 말대꾸 대신에 다시 드러누웠다. 형은 오늘 전쟁터에서 돌아왔고, 식구들의 죽음을 아직 받아들이기는 힘들 것이다. 형도 많이 지치고 속상해서 넋두리를 늘어놓는 거라고 생각했다. 형은 다시 드러눕더니 금세 코를 골았다.

진규는 한동안 천장을 멍하니 바라보았다. 호롱불이 홀로 조용히 좁고 어두운 방을 밝혔다. 왠지 이 밤이 평소보다 어둠이 더 깊어서 호롱불을 끄고 싶지 않았다. 호롱불마저 없으면 어둠 속에 빠져서 헤어날 수 없을 것 같았다.

진규는 문득 잠자는 형의 모습을 보았다. 아무렇게나 웃자란 머리카락이며 거친 피부, 얼굴과 목에 상처가 난 자국이 그대로 흉터로 각인되어 있었다. 형은 어쩌면 몸에 난 흉터보다 마음에 새긴 흉터가 더 큰 것 같았다.

같은 시대, 같은 땅에서 같은 전쟁을 겪었는데도 형이 겪은 전쟁과 진규가 겪은 전쟁은 이토록 다르게 느껴졌다.

형은 어쩐 일인지 대문 밖으로 나가지도 않았다. 방에 드러누워서 잠을 자거나 눈을 떠도 천장만 뚫어지게 바라보면서 멍하니 누워 있었다. 이른 아침이나 해가 지고 난 후에 마당을 서성이다가 방에 들어와 드러눕는 정도로 움직였다. 더운 여름인데도 방문을 닫고 있었다.

집으로 돌아오던 날, 부산스러울 정도로 말이 많던 형이 하룻밤을 자고 나서 말이 없는 사람으로 변했다. 진규는 그런 형을 보면서 처음 낯설었던 마음이 이제 걱정으로 변해갔다. 형한테 무슨 말을 걸어야 할지도 조심스러울 정도로 우울한 분위기를 뿜어냈다.

"형, 밥 먹자."

진규는 형 그릇에는 밥을 가득 담았다. 그러나 형은 몇 숟가락 뜨다가 도로 상에 놓았다.

"왜 그래? 밥맛이 없어?"

"꼼짝도 안 하고 방에서 지내다 보니까 배도 안 고프네. 전쟁터에서는 늘 배가 고팠는데 집에 돌아가면 실컷 먹을 거라고 생각했거든. 근데 못 먹겠어. 밥이 목구멍에 넘어가질 않아."

형은 방바닥에 벌렁 드러누워 팔베개를 하고 돌아누웠다. 마치 손가락만 대면 움츠러드는 애벌레처럼 보였다. 그런 형을 보면서 진규도 식욕이 떨어져 밥이 목구멍에 넘어가지 않았다.

형은 지금 식구들의 죽음을 현실로 받아들이는 걸까. 진규는 물어보지 못했다. 차라리 밖에 나가서 돌아다니거나 사람들과 어울려 이야기라도 하면 기분이 나을 텐데. 아니면 땀을 뻘뻘 흘리면서 밭이라도 돌보면 다른 생각을 잠시라도 잊어버릴 수 있을 것 같았다. 진규도 그랬다. 식구들의 죽음을 감당할 수가 없어서 하루하루 겨울나무 뿌리처럼 깊은 어둠 속에 웅크린 채 가만히 있었다. 그런데 봄날이 돌아오면서 차츰 깊은 겨울잠에서 깨어나 햇빛 아래로 나올 수 있었다. 진규는 형도 지금은 겨울나무 뿌리 같은 시절이라고 생각했다.

형은 사람을 죽고 죽이는 살벌한 전쟁터에서 돌아왔다. 낯선 형의 모습을 보면서 실망스럽기도 했지만 살아서 돌아와 준 게 더 고마운 일이다. 그러나 형이 저대로 빛을 잃어버릴까 봐서 가슴을 졸였다. 긴 어둠을 뚫고 다시 햇빛 아래로 나가기를 기다릴 수밖에 없었다.

"네 형은 뭐 한다고 얼굴도 안 보이냐?"

동네 어른들은 진규 얼굴만 보면 물었다. 진규는 말을 둘러대느라 민망스러웠다.

"전쟁터에서 오래 있다가 돌아왔으니 좀 쉬어야죠."

"다리는 많이 다쳤냐? 아직 젊은 나이에 어쩔 거야. 에휴, 쯧쯧."

"살아서 돌아온 게 어디야. 그것만으로도 천만다행으로 여겨야지."

어른들은 한숨과 함께 혀를 차면서 걱정을 했다. 진규는 그런 걱정이 되레 마음에 걸리고 돌아서는 뒤통수가 쭈뼛거렸다. 마음이 무거웠다. 사람들이 형을 불쌍한 눈으로 보는 게 더없이 속상했다. 형도 느꼈을까. 그래서 문밖으로 나가지 않는 걸까. 아니면 시간이 갈수록 불구가 되어서 돌아온 게 절망스러운 걸까.

진규는 어떻게든 형을 문밖으로 내보내고 싶었다. 나가서 일을 하든 사람들과 어울리든 해야지 생기가 돌 것 같았다. 진규는 생각 끝에 집을 지어야겠다고 마음먹었다. 집을 짓고 나면 형도 새로운 마음이 들 것 같았다.

"형, 집 지을까?"

"……"

"나 혼자서는 엄두가 안 났는데 형이 돌아오니까 용기가 나네. 집 지어서 살자. 언제까지 이렇게 살 수는 없잖아?"

"난 아무 생각 없어."

형은 시큰둥하게 대꾸했다. 마음이 내키지 않는 모양이다. 집이라도 지어서 살면 조금 나아지지 않을까 하는 마음에 청했던 것이

다. 진규는 형의 마음이 움직일 때까지 기다리려다가 그만 짜증이
나고 말았다.

"거지꼴로 살 거야? 아버지 어머니는 형이 돌아올 거라고 철석
같이 믿고 피난도 떠나지 않았어."

진규는 잔뜩 성이 나서 따지듯 퍼부었다. 그러나 형이 아무 말도
하지 않은 채 풀이 죽어 있자, 미안한 생각이 들었다. 조금만 더 참
을걸. 왜 삶과 죽음의 갈림길에서 살아온 형한테 화를 냈을까 금세
후회가 되었다.

형은 마치 고치 속에 웅크린 채 잠을 자는 애벌레처럼 지냈다.
그러다가 하루는 한밤중에 짐승처럼 울부짖는 소리에 놀라 잠이
깼다. 무슨 소리일까? 진규는 옆에 누워 있어야 할 형이 없다는 걸
직감적으로 알아챘다. 그리고 울부짖는 소리. 그 소리가 형이 토해
내는 울분이라는 걸 알았다.

형은 달빛에 서서 울부짖었다. 공포에 젖은 늑대처럼 울부짖었
다. 진규는 그 울음소리를 기억해냈다. 마지막으로 늑대의 울부짖
음을 보았던 날은 어머니의 시신을 곡계굴 옆에 있는 눈밭 위에 그
냥 내버려 두었던 날이었다. 늑대뿐이 아니라, 그보다 먼저 개와
고양이들이 시신 주위를 맴돌았다. 그들을 쫓아내고 나니까 늑대
가 어슬렁거리면서 시신들 주위를 맴돌았다. 그 굶주린 늑대의 울
음소리가 떠오르자 온몸에 소름이 돋아났다. 형은 살육의 현장에
서 살아남은 상처뿐인 영광을 안고 돌아왔지만, 밤이면 한 마리 외
로운 늑대가 되어버렸다.

"형, 그만 들어가서 자."

진규는 다가가 형의 등을 쓰다듬었다. 그러면 울컥했던 마음이 조금은 누그러질 것 같았다. 하지만 형은 캄캄한 하늘을 보면서 목을 길게 빼고 짐승처럼 울음을 토해냈다. 형 가슴속에 뭉쳐진 응어리가 진규의 생각보다 더 단단하고 깊은 것 같았다.

'저 응어리를 어떻게 풀 수 있을까.'

진규는 세월이 흐르기를 기다리는 수밖에 없었다. 달리 자신의 능력으로는 치유할 수 없는 막막한 심정이었다. 형은 한동안 울부짖더니 기운이 딸리는지 풀썩 주저앉았다.

"밤바람이 차가워."

"……"

"들어가."

"진규야, 난…… 난 말이야, 난 앞이 안 보여. 아무런 희망이 없어."

"왜? 왜 형이 희망이 없다는 거야?"

"모든 걸 다 잃어버렸어. 고향에 돌아오면 예전처럼 살 줄 알았어. 근데 이게 뭐야! 식구들은 다 죽고 집은 부서지고 고향은 엉망이 되어 있고, 할 수 있는 게 아무것도 없어."

"……"

"세상이 다 파괴되고 내 몸도 파괴되고…… 배운 것도 없고, 가진 것도 없고, 절뚝거리는 몸으로 내가 뭘 할 수 있겠어."

형이 오랜만에 입을 열고 자신의 속내를 토해냈다. 진규의 생각보다도 형은 더 깊은 어둠 속에 빠져서 허우적거리고 있었던 것이다.

"푹 쉬고 나면 다른 길이 보일 거야."

아직은 형에게 더 많은 휴식이 필요했다. 진규는 제발 지금 이 시기가 형에게 휴식이기를 바랐다. 더 깊은 절망에 빠지지 말고 예전처럼 순박하고 집안일이라면 먼저 나서서 땀을 뻘뻘 흘리면서 살던 형이 되어 돌아오기를 바랐다.

형은 진규가 함께 옆에 서 있으니까 부담이 되었는지 문밖으로 나갔다. 형이 오랜만에 문밖으로 나가는 게 캄캄한 밤이어서 마음에 걸렸다. 진규는 혹시 형이 한밤중에 어디론가 사라질까 봐서 말 없이 뒤를 따랐다.

"들어가. 바람 좀 쐬다가 들어갈 거야."

형은 진규가 뒤따라오는 게 거슬렸던 모양이다. 어둠 속에서 검은 덩어리로 서 있는 형의 목소리가 밤바람에 가늘게 떨려왔다. 진규는 가만히 서 있다가 형이 저만치 멀어질 즈음에 다시 뒤를 밟았다.

형은 곡계굴 쪽으로 걸어갔다. 수수밭 사이로 걸어가는 형의 모습을 보면서 진규는 걸음을 멈추고 한숨을 쉬었다. 형이 식구들을 묻어놓은 산자락으로 가고 있었던 것이다.

진규는 형이 무덤에서 돌아오기를 기다렸다. 한동안 시간이 지나자 형이 수수밭 사이를 헤치고 걸어 나왔다. 그러고는 다시 곡계굴을 향해 걸어갔다. 진규는 멀찌감치 떨어져 말없이 뒤따랐다.

곡계굴 앞에서 한동안 검은 덩어리처럼 꼼짝도 하지 않고 서 있었다. 기다리다 못한 진규는 형을 불렀다.

"형, 집에 가자."

"여태껏 거기 있었냐? 왜?"

"형이 밤에 혼자 돌아다니니까 걱정돼서……."

"내가 어린애냐! 별걱정을 다 하네."

형이 진규한테로 왔다. 진규는 형과 나란히 걸으면서 뒤뚱거리며 걷는 형의 걸음걸이에 보조를 맞추느라 걷다가 멈추다가를 되풀이했다. 깜깜한 어둠 속에서 흔들리면서도 계속 걸어가는 형의 모습을 보면서 진규는 형과 자신의 운명 같은 걸 느꼈다. 한반도가 남과 북으로 갈라졌고, 상처받고 서로 원망하면서도 뒤뚱거리며 함께 삶의 무거운 무게를 지고 가야 할 운명 같은 거 말이다.

전쟁이 끝났다. 영원히 끝난 게 아니라, 휴전이 된 것이다. 전쟁터에 나간 군인들이 집으로 돌아오면서 만나는 사람들에게 부르짖었다.

"새 세상이 도래했다! 새 세상이 도래했다!"

진규는 군인들이 외치는 새 세상이 무엇인지 실감할 수 없었다. 다만, 비록 휴전이지만 더 이상 전쟁을 치르지 않는다는 것으로도 한결 마음이 놓였다.

"진규야, 읍내 나가니까 새 세상이 왔다고 온통 난리더구나! 너도 이제 집을 떠나라. 다시 학교에 다녀."

"학교는 누가 그냥 다니게 하는 거야? 우리한테 무슨 돈이 있다고……."

진규도 학교에 다시 다니고 싶었다. 전쟁만 끝나면 다시 예전처럼 학교에 다니는 꿈은 식구들이 곡계굴에서 죽은 그날 잃어버렸다. 그런데 형이 다시 학교 이야기를 꺼냈다.

"걱정 마라. 내가 열심히 일해서 너 고등학교는 마치게 해줄게.
넌 다시 학교에 가."

"형도 힘들 텐데 형이 어떻게……."

"걱정 마. 이 형이 전쟁터에서 불구가 되어 돌아왔지만, 그렇다
고 일을 못하는 건 아냐. 언제까지 널 놓고 살 수는 없잖아."

"우린 소도 없는데."

"열심히 일해서 송아지도 사서 키울 거야. 난 고향을 지킬 거니
까 넌 넓은 세상에 나가서 힘껏 뜻을 펼쳐봐."

형의 결심은 단호했다. 더 이상 전쟁을 하지 않으니까 학교도 다
시 문을 열었다. 진규도 마음으로는 수천 번도 이곳을 떠나고 싶었
다. 그런데 형을 남겨두고 혼자 떠나는 게 마음에 걸렸던 것이다.
무엇보다도 형이 돈을 벌어서 공부를 시켜주겠다니까 왠지 미안
하고 염치가 없어서 주저했다.

새 세상이 도래했다며 사람들은 마치 새로운 세계가 펼쳐진 듯
활기찼다. 전쟁이 끝난 것만으로도 새 희망을 갖게 했다. 형도 점
점 활발하게 움직이고, 읍내를 다니면서 일거리도 구했다. 진규는
알고 있었다. 형이 자신을 공부시키고 다시 집안을 일으키기 위해
서 온 힘을 다한다는 것을.

"형, 내가 정말 학교에 다녀도 될까?"

"너 교과서도 다 불탔지. 나하고 책도 사고 공책도 사고, 학교 갈
준비나 해라. 아 참, 교복도 준비해야지. 진규야, 이제 과거는 가슴
에 묻어두고 앞으로 있을 좋은 일만 생각하자."

"형!"

진규는 가슴이 울컥했다. 형은 전쟁터에 나가서 불구의 몸으로 돌아왔는데, 오히려 머뭇거리는 진규에게 용기를 북돋워주었다. 제대로 학교에 다녔으면 지금은 졸업을 했을 텐데, 다시 그때 멈추었던 시기로 되돌아가야 했다.

"넌 새 세상으로 나가서 똑똑한 사람이 되어라. 그래야 언젠가는 우리 식구들, 우리 마을 사람들이 곡계굴에서 당한 끔찍한 사건을 세상에 널리 알릴 수 있어. 우리만 당하고 다른 사람들은 모른다면 얼마나 억울하겠냐."

진규는 형의 말에 힘을 얻어 고향을 떠나기로 했다. 집을 떠나던 날 형은 버스 정류장까지 따라 나와서 손을 잡고 말했다.

"진규야, 살다가 정말 힘들면 그때는 고향에 돌아와도 돼. 네 맘 편한 대로 해도 괜찮아."

"형! 부모님과 동생들을 생각하면서 나 열심히 할 거야. 언젠가는 이 억울함도 의문도 풀 수 있는 날이 오겠지. 형, 잘 지내."

진규는 형과 손을 맞잡았다. 형의 등 뒤로 햇빛이 환하게 비추었다.

나오며

1951년 1월 20일 오전 10시경, 충북 단양군 느티마을에 미군 전투기 네 대가 나타나 곡계굴에 소이탄(네이팜탄)을 집중적으로 투하했다. 소이탄은 큰 드럼통에 석유 등을 넣어서 불을 붙이면 그 일대가 불길에 휩싸여 모든 걸 전멸시키는 무시무시한 폭탄이다.

마을 사람들과 피난민들이 들어가 숨어 살던 곡계굴은 석회암으로 이루어진 아주 깊은 굴이어서 사람들은 안전하다고 생각했지만 소이탄을 피하지 못했다.

피난을 떠난 사람들도 미군과 국군이 길을 차단해서 남쪽으로 가지 못하고 되돌아와 곡계굴로 들어갔다.

아군이었던 미군 전투기는 곡계굴뿐만 아니라 마을과 산에도 폭탄을 투여하고 불을 질러서 불바다로 만들었다. 1·4후퇴로 미군과 한국군이 남쪽으로 후퇴하면서 북한군들이 빈집에 숨어들거나 피난민 속에 섞여 있을지도 모른다고 생각해서 일어난 군사 작전이었다.

이날 소이탄 투하와 기관총 사격으로 느티마을과 곡계굴에서 300여 명의 사람들이 죽었다.

전투기 폭격이 일어난 그날 이후, 50여 년이 다 되어서야 이 일이 세상에 알려지기 시작했다.

그동안 한국전쟁 중, 1·4후퇴 당시에 벌어진 곡계굴의 미군 학살 사건은 철저하게 숨겨져왔다. 입 밖으로 말이 새어나가면 경찰들의 감시가 심해지고, 마치 일어나지 않은 사건처럼 은폐되었다.

그러나 영원히 비밀에 부칠 수는 없었다. 그날 그 현장에서 살아남은 사람은 언젠가는 그 진실을 세상에 알려야 된다고 늘 가슴속에 품고 살았다.

고향에 남아서 다시 삶의 기반을 이루며 살았던 사람들, 그 끔찍한 현장이 떠올라 고향을 떠났던 사람들, 그리고 미래를 기약하며 세상으로 나아갔던 사람들이 50여 년이 되어서야 다시 뭉쳤다. 그 억울한 목숨을 위해서라도, 평생을 상처로 살아가는 사람들의 고통을 치유하기 위해서라도 세상에 널리 알려야 된다고 함께 나섰던 것이다.

역사의 비극을 교훈으로 다시는 이 땅에 전쟁의 비극이 일어나서는 안 된다는 마음도 함께 담고 있었다.

전쟁은 아군과 적군으로만 나누어지는 게 아니다. 전쟁은 상황에 따라서 얼마든지 모든 걸 파괴해버리는 광기와 같은 것이다. 이 모든 전쟁의 원인은 분단이었다. 강대국들은 힘의 논리로 한반도가 원하지도 않았던 삼팔선 철조망을 세우고 강제로 분단국을 만들었다. 한국전쟁과 같은 비극이 다시 일어나지 않으려면 과거의 비극을 바로 알아야 한다. 그래야 미래의 평화를 지킬 수 있다.